JN191019

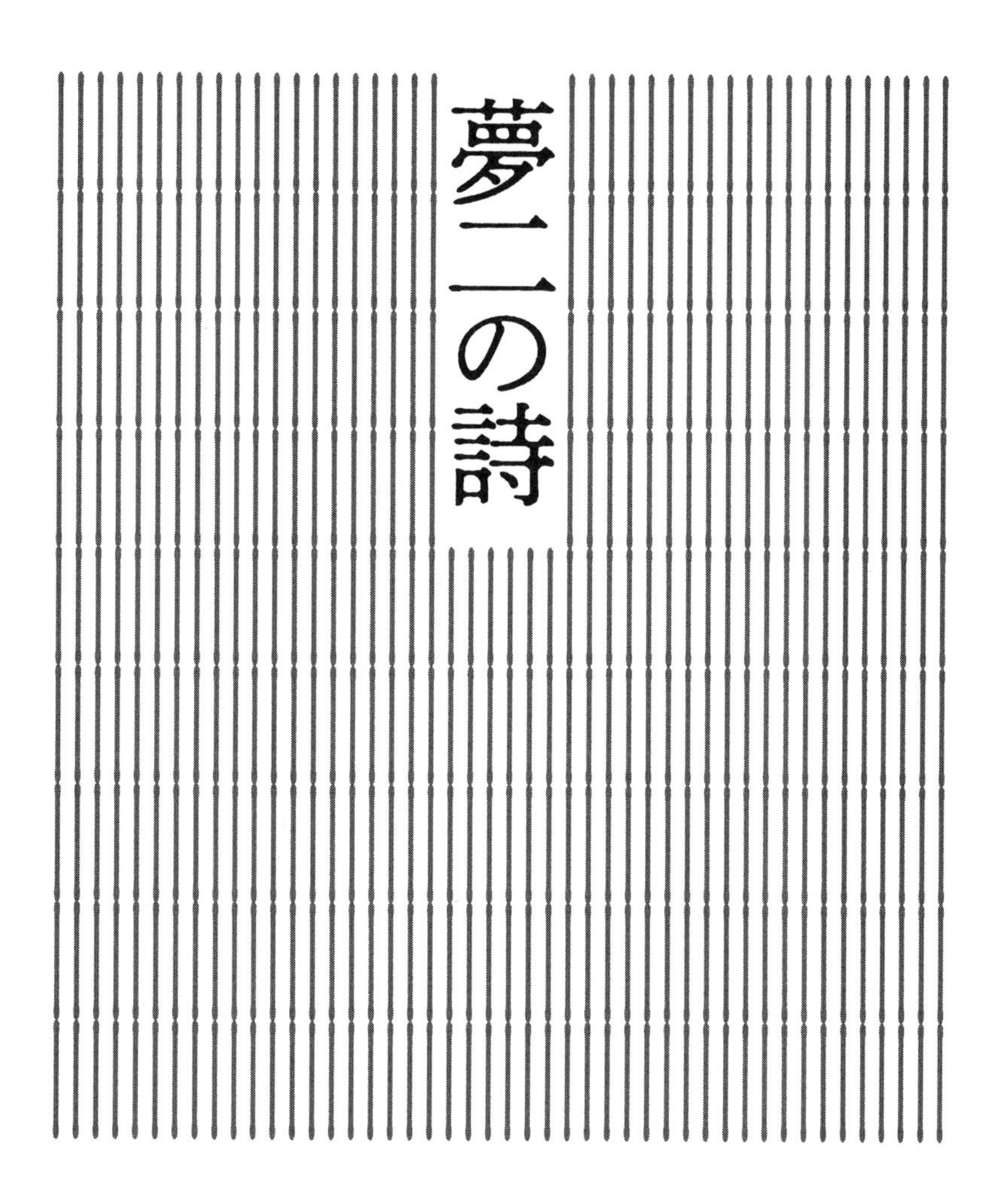

夢二の詩

徐　青

国際書院

The Songs of Yumeji

by

Xuqiug (Edited and Translated)

ISBN978-4-87791-335-9 C3036 Printed in Japan

《夢二の詩》

徐 青 編 訳

訳者序

竹久夢二は一八八四年九月十六日、岡山県邑久郡本荘村の造り酒屋に生れ、幼名を茂次郎といいました。夢二が誕生する二年前の一八八二年、教育者・啓蒙の先駆者であり詩人でもあった外山正一(一八四八——一九〇〇)が『新体詩抄』を発表して、日本に新しい詩が生まれると、浪漫詩、象徴詩、口語自由詩などの流派が次々と生まれましたが、この明治の詩ブームが、詩人を夢見る夢二に大きな影響を与えたことはいうまでもありません。夢二は「私は詩人になりたいが、詩の原稿はパンになりにくい」と告白していますが、そこには感情を文章で表現しようとしていた彼の意思がうかがえます。夢二の心には詩情が深く植えつけられ、おのずから個人的な感情や思想を文字にし、筆端に流れていました。夢二の日記や大量のスケッチブックを見ると、彼は毎日のように詩や短歌の創作に没頭していたことが分かります。

夢二はいくつかの雑誌の挿絵の仕事を掛け持ちしていました。自分の挿絵に詩文を添え、雑誌に発表することには支障はありませんでした。詩人の秋山清(一九〇四——一九八八)は夢二を「詩を絵に描く画家」と讃え、「絵はともかく、詩人であることは間違いない」と強調しています。夢二の生涯に出版された五十七冊の著作のうち三十冊は彼の詩歌で占められています。詩集と呼ばれているものは全部で五部あり、順に「ドンたく」(一九一三年)、「歌時計」(一九一九年)、「夢のふるさと」(一九一九年)、「青い小径」(一九二一年)、「童謡集　凧」(一九二六年)です。夢二の「詩」は、これらの詩集に収められているだけでなく、『夢二画集　春の巻』(一九〇九年)、『夢二画集夏の巻』（一九一〇年）、『夢二画集　秋の巻』（一九一〇年）、『夢二画集　冬の巻』（一九一〇年）など二五の著作に散見され、これらは「画集」という名におさめられた絵画を主としていますが、そこに詩文が含まれています。その詩文に重点を置いたり、絵を織り交ぜたりして、夢二の全体的な芸術的才能は示されています。

一九一三年八月三日、二十九歳の夢二は『大阪毎日新聞』が主催した文化名人のインタビュー「名家之好」の中で、白秋の歌と作品などを愛していると述べています。確かに夢二は、同時代の石川啄木、室生犀星、北原白秋などと共通して、「繊細」、「憔悴」、「清怨」、「嘆息」などを、その詩に独特な表現として取り入れています。夢二は、児童、少年、少女、文芸や総合雑誌など、さまざまなジャンルに詩を発表し、その残した詩は、恋愛、女性、人生、孤独、旅行、郷愁、自然、四季など、すべて日常の場面を素材としたもので、簡潔でわかりやすく情感豊かなのが特徴です。夢二は「私は目に見えないものは描かない、心に生まれないと描けない、現実感のない線は何も描けない」と言っていました。このコンセプトは彼の詩にも貫かれています。

今年は、日本を代表する画家、詩人、装丁の巨匠である竹久夢二先生の生誕一四〇年、没後九〇年にあたります。夢二の絵と詩の愛好家として、夢二の著書や雑誌に掲載された二四九首の詩を厳選し、深い思いを込めて詩集『夢二の歌』を編纂しました。

二〇二五年一月三日

徐青

译者序

竹久梦二，这位杰出的画家、诗人及装帧大师，于一八八四年九月十六日在冈山县邑久郡本庄村的一个酿酒世家降生，初名茂次郎。早在梦二诞生前两年，即一八八二年，教育家、启蒙先驱及诗人外山正一（一九〇四——一九八八）发表了《新体诗抄》，此举为日本新诗的诞生奠定了基石，随后，浪漫诗、象征诗及口语自由诗等流派纷至沓来。不言而喻，明治时期这股汹涌的诗潮对怀揣诗人梦想的梦二产生了深远的影响。梦二曾坦言：『我渴望成为诗人，然诗稿却难换面包。』此言透露出他曾试图以文字抒发内心情感。尽管如此，梦二内心深植诗意，自然而然地将个人情感与思想化作文字，流淌于笔端。翻阅梦二的日记与大量速写本，不难发现他几乎每日都沉浸于诗歌与短歌的创作之中。

尽管梦二同时承接了多家杂志的插图工作，但这并未阻碍他在自己的插图上添加诗文，并在杂志上发表。诗人秋山清（一九〇四——一九八八）曾赞誉梦二为『将诗歌绘入画中的画家』，并强调：『即便抛开画作不谈，他作为诗人的身份亦毋庸置疑。』在梦二的一生中，他共出版了五十七册著作，其中三十册刊载了他的诗歌作品。被称为诗集的共有五部，依次为《节日》（一九一三年）、《歌时钟》（一九一九年）、《梦的故乡》（一九一九年）、《蓝色小径》（一九二一年）及《童谣集风筝》（一九二六年）。梦二的『诗』不仅收录于这些诗集中，还散见于《梦二画集　春之卷》（一九〇九年）、《梦二画集　夏之卷》（一九一〇年）、《梦二画集　秋之卷》（一九一〇年）、《梦二画集　冬之卷》（一九一〇年）等二十五部著作里。尽管这些著作以『画集』为名，以绘画为主，但同样融入了诗文。此外，还有些著作则侧重于诗文，间或穿插图画，展现了梦二全面的艺术才华。

一九一三年八月三日，二十九岁的梦二在《大阪每日新闻》举办的文化名人访谈及『名家之好』活动中，表达了对白秋诗歌及物品的喜爱。确实，梦二与同时代的石川啄木、室生犀星、北原白秋等人有着共同的特质，即在诗歌中融入了独特的『纤细』、『憔悴』、『清怨』及『叹息』等表现手法。梦二还在儿童、少年、少女、文艺及综合杂志等多种刊物上发表了大量诗作。细观梦二遗留下的诗歌，无论是恋爱、女性、人生、孤独，还是旅行、乡愁、自然、四季等主题，均取自日常生活中的场景，其特点在于简洁、易懂且情感丰富。梦二曾说：『我从不描绘看不见的事物，不生于心则画不出，没有现实感的线条无法勾勒出任何形象。』这一创作理念同样贯穿于他的诗歌之中。

二〇二四年恰逢日本著名画家、诗人、装帧大师竹久梦二先生诞辰一四〇周年及逝世九〇周年之际，作为梦二绘画与诗歌的热爱者，我精心挑选了梦二发表于著作与杂志上的二四九首诗歌，编译成诗集《梦二之歌》，以此表达对他的深切纪念。

二〇二五年一月三日

徐青

目次

1 靴下（袜子）
2 留針（别针）
3 子守唄（摇篮曲）
4 古風な恋（旧式的爱情）
5 最初のキッス（初吻）
6 二人の愛人（两个情人）
7 あけくれ（朝思暮想）
8 ためいき（叹气）
9 遠い恋人（遥远的恋人）
10 秋の眸（秋眸）
11 手（手）
12 手紙（信）
13 母の家（母亲的家）
14 あなたの心（你的心）
15 きょう（今天）
16 友情（友情）
17 若き日（年轻的时候）
18 晩餐（晚餐）

---

19 ひとり（一个人）
20 春はとぶ（春飞）
21 昨日の夢（昨天之梦）
22 花火（烟花）
23 やくそく（约定）
24 恋（恋爱）
25 靴下二（袜子二）
26 忘れえぬ面（难忘的面容）
27 行く水（流水）
28 子供の世界より（来自孩子的世界）
29 白壁へ（白墙上）
30 くれがた（傍晚）
31 ゆびきり（约定）
32 ある春の日（某个春日）
33 うかれ心（日思夜盼）
34 ゆうくれがたに（傍晚时分）
35 夕（黄昏）
36 野の路（田间小道）

37 花火 (烟花)
38 お寺の鐘 (寺院钟声)
39 煙草のけむり (香烟的烟雾)
40 貧しき巷の女へ (致贫困巷中的女性)
41 やさしきもの (温情)
42 涙 (眼泪)
43 風 (风)
44 紅ほおずき (红姑娘)
45 忘れた手套 (遗忘的手套)
46 凧 (风筝)
47 大きな音 (巨大的声响)
48 あげてよいものわるいもの (能够给予的和不能给予的)
49 雪よ小雪よ (雪啊小雪啊)
50 悲しい『さよなら』 (悲伤的「再见」)
51 木の実 (果实)
52 小鳥の唄 (小鸟之歌)
53 山の小鳥 (山里的小鸟)

54 かくれんぼ (捉迷藏)
55 レンゲ草 (紫云英)
56 青い窓 (蓝色的窗)
57 鷗 (海鸥)
58 シャッポ (帽子)
59 枇杷のたね (枇杷核儿)
60 柳 (柳树)
61 山と海 (山和海)
62 月日 (月日)
63 みどりの窓 (绿色窗户)
64 再生 (再生)
65 わたしの路 (我的路)
66 揺籃 (摇篮曲)
67 見知らぬ島へ (未知的岛屿)
68 花のゆくえ (花儿的去向)
69 旅行く鳥 (小鸟的旅行)
70 青い鳥 (青鸟)
71 やまびこ (山谷回声)

72　ロンドンへ　（到伦敦去）
73　月見草　（月见草）
74　廃園——わが夢のふるさとへ捧ぐ——
（废园——献给我梦中的故乡——）
75　冬来りなば春遠からじ　（冬天到了春天已经不远了）
76　春いかば　（春行兮）
77　巷の風　（小巷的风）
78　春のあしおと　（春天的脚步声）
79　巷の雪　（小巷的雪）
80　郵便函　（邮筒）
81　傷める紅薔薇　（痛苦的红玫瑰）
82　悲　（悲）
83　もしも　（如果）
84　春の手　（春天的手）
85　春の山　（春天的大山）
86　つばき　（山茶花）
87　文より　（来自远方的信）
88　ふるさと　（故乡）

89　雪の降る日　（下雪天）
90　黄色の花　（黄色的花朵）
91　飛ぶもの　（飞行物）
92　なぎさ　（岸边）
93　忘却——スケッチ帖のはしり画き
（遗忘——素描帖上的速写）
94　動かぬもの　（静默之物）
95　西へ西へ　（向西再向西）
96　無題　（无题）
97　ゆく春　（消逝之春）
98　子守唄　（摇篮曲）
99　月のうた　（月亮之歌）
100　岡の記憶　（山冈的记忆）
101　兎兎　（小兔兔）
102　黒船　（黑船）
103　求願　（许愿）
104　蘇鉄　（苏铁）
105　駱駝１　（骆驼１）

106 駱駝2　（骆驼2）
107 雪　（雪）
108 雫　（露珠）
109 清怨　（清怨）
110 帯のうち　（在衣带之间）
111 山の彼方　（山那边）
112 越し方　（往事）
113 いたみ　（悲伤）
114 ふたりをば　（两个人）
115 孤独　（孤独）
116 黒猫　（黑猫）
117 暦　（日历）
118 花がわたしに　（花对我说）
119 春の鐘　（春之晨钟）
120 朝の日課　（早晨的日课）
121 ふらんすの色刷石版――短詩九篇
（法国彩色石印――短诗九篇）
122 夢　（梦）

123 忘れしこゝろ　（被遗忘的心）
124 もしや逢ふかと　（若能相见）
125 涙　（眼泪）
126 思出のひとつ　（回忆之一）
127 浮世絵　（浮世绘）
128 さて春信の女は　（春信之女）
129 黒い蛇　（黑蛇）
130 ひねもす　（终日）
131 孤独　（孤独）
132 青帽子　（蓝帽子）
133 山路　（山路）
134 こうろぎ　（蟋蟀）
135 三日月　（新月）
136 煙草のけむり　（烟之雾）
137 御返事　（答复）
138 涙のかはりに　（泪眼婆娑）
139 接吻　（接吻）
140 真実　（真实）

141 はつ夏　（初夏）
142 絵草紙店　（绘草纸）
143 もの言はぬ娘　（静默的少女）
144 晩春初夏　（晚春初夏）
145 夜ごろ　（夜晚时分）
146 春日小景　（春日小景）
147 ネスト　（巢中静谧）
148 朝のおとづれ　（晨光低语）
149 博多帯　（博多带）
150 残れるもの　（松原之忆）
151 たそがれ　（黄昏时分）
152 みちとせ　（三千岁）
153 言葉　（语言）
154 後便　（回信）
155 灯ともし頃　（灯火时分）
156 春のあした　（明日之春）
157 エプリルフウル　（愚人节）
158 路　（路）

159 岸辺に立ちて　（站立于岸边）
160 雪の扉　（雪之门）
161 銀の小鳥　（银色小鸟）
162 お菊　（阿菊）
163 ふみ　（信）
164 うしなひしもの　（丢失的东西）
165 ひめごと　（秘事）
166 春の淡雪　（春日薄雪）
167 かへらぬひと　（一去不回的人）
168 綾とりをする少女　（绫织少女）
169 宵待草　（宵待草）
170 夏のたそがれ　（夏日黄昏）
171 十字架　（十字架）
172 心飢ゆ　（渴望）
173 故郷　（故乡）
174 つきくさ　（月见草）
175 ある思ひ出　（回忆）
176 夕餉時　（晚餐）

177 うらみ　（怨恨）
178 芝居事　（芝居事）
179 花束　（花束）
180 たそがれ　（黄昏）
181 常夜燈　（常夜灯）
182 よきもの　（好东西）
183 母　（母亲）
184 浦の菜園　（湖边的菜园）
185 落書　（涂鸦）
186 異国の春　（异国之春）
187 鳥差　（鸟差）
188 故しらぬ悲み　（莫名的悲伤）
189 筒井戸　（筒井）
190 歌時計　（歌时钟）
191 紡車　（纺车）
192 六地蔵　（六地藏）
193 越後獅子　（越后狮子）
194 赤い木の実　（红色的果实）

195 黒門町にて　（在黑门町）
196 薬　（药）
197 わたり鳥　（候鸟）
198 納戸の記憶　（储藏室的记忆）
199 おしのび　（忍）
200 ドンタク　（假日）
201 ねがひ　（愿望）
202 紅茸　（红蘑菇）
203 まゝごと　（扮家家）
204 日本の子供　（日本的孩子）
205 雨へ　（雨）
206 めんない千鳥　（蒙老瞎）
207 おはぐろ蜻蛉　（黑蜻蜓）
208 豆　（豆）
209 わたしの村　（我的村子）
210 機織唄　（织布歌）
211 人形遣　（木偶师）
212 をさなき夢　（不舞之鹤）

213 十三夜 （十三夜）
214 歌時計 （歌时计）
215 江戸見物 （江户游览）
216 雪だるま （雪人）
217 猿と蟹 （猴子和螃蟹）
218 加藤清正 （加藤清正）
219 天満の市 （天满市）
220 嫁入り （出嫁）
221 春を待つ （待春）
222 ものおもひ （回忆）
223 勿忘草 （勿忘草）
224 かげりゆく心 （暗淡的心）
225 たもと （衣袖）
226 初恋 （初恋）
227 綾糸手毬 （绫织小球）
228 未知らぬ人 （不相识的人）
229 泉のほとり （泉边）
230 川 （川）

231 丘の家 （山丘之家）
232 さすらひ （流离）
233 踊子の顔 （舞女的脸）
234 若きクラアカへ （致年轻观众）
235 唄ひ女 （歌女）
236 ジヨウカア （小丑）
237 泣く虫 （哭泣的虫子）
238 笑つて答へず （笑而不答）
239 夢がほ （梦颜）
240 春の雪 （春之雪）
241 カフエの卓 （咖啡馆桌前）
242 仲の町 （仲之町）
243 約束 （承诺）
244 袂 （衣袂）
245 逢状 （逢状）
246 流れの岸の夕暮に （河边黄昏）
247 春いくとせ （春几时）
248 櫛ひき （制梳）

16

249 いましめ（戒）

靴下

ほころびた靴下を捨てるのは惜しくはありません
ほころびた靴下をつくろうように
ほころびた心をつくろって下さった
母がいないのが寂しいのです。

袜子

译文一：

不是舍不得把破旧的袜子扔掉
而是曾经像缝补破袜子般
缝补我破碎之心的
母亲不在的寂寞。

译文二：

不是舍不得把开绽的袜子扔掉
而是曾经缝补开绽的袜子般
修补我破碎之心的

18

母亲不在的寂寞。

留針

あなたが
忘れていった
留針が
「蒼ざめた馬」の
中から出てきて
今日もまた
ひとりの
夕方になりました。

别针

你
遗忘了的
别针
从《苍白战马》中
出现了

20

今天又是
只有我
和落日。

子守唄

桃栗三年夏いくさ、
村のお糸は器量よし
関東武士に見初められ
綾の手綱を貰うだが
帯にまわせばみじかいし
襷にするには長いし、
馬にやろうかい〜やいや
牛にやろうかい〜やいや
奈良の地蔵の鉦の緒に
あげる途中で日が暮れた。

摇篮曲

桃栗三年夏日干仗，
村里阿线漂亮聪明
关东武士一见钟情

给了条花绫小六染
可惜做腰带嫌太短
做襻打十字又嫌长,
给马儿吧~~
给牛儿吧~~
给奈良地藏穿银钲吧
可走着走着天就黑了。

古風な恋

あなたを忘れる手だてといえば
あなたに逢っている時ばかり
逢えばなんでない日のように
静かな気持でいられるものを

旧式的爱情

有什么办法能忘记你吗
那只有一直与你在一起
即便是平淡无奇的日子
我也能心无片云静如止水

最初のキッス

五月に
花は咲くけれど
それは
去年の花ではない。

人は
いくたび恋しても
最初のキッスは
いちどきり

初吻

译文一：

五月
花会开
但已不是
去年的那朵。

人
无论恋爱多少次
初吻
只有一次。

译文二：
五月
花会开
但已不是
去年的那朵。

人
无论
恋爱多少次
初吻只有一次

二人の愛人

わたしに遠いあの人は
カンパス台のうしろから
だいじな時に笑いかけ
わたしの仕事の邪魔をする。

わたしに近いこの人は
靴下をあみお茶をいれ
わたしの世話をやきながら
私の仕事の邪魔をする。

两个情人

离我远的那位
从画架的后面
会在紧要关头微笑
打扰我的工作。

离我近的这位
织袜子又沏茶
照料我的日常
却又妨碍我的工作。

あけくれ

忘れたり。
思い出したり。
思いつめたり。
思い捨てたり。

朝思暮想

时而想忘记
时而又想念
时而转牛角尖
时而又想放弃。

ためいき

わかきふたりは
なにもせずに
なにもいわずに
ためいきばかり。

叹气

两个年轻人
什么也不做
什么也不说
只是短叹长吁。

遠い恋人

YesともNoとも書かないで
九月一日の朝出した手紙が
あなたへの最後の手紙。
ゆくえも知らぬ私は旅人
その日のままに
あなたは遠い。
生き死にさえも知るよしもない
遠い恋人
YesともNOとも
いまはいいやるすべもなく。

遥远的恋人

译文一：

不用写是，也不用写否
九月一日早上寄去的信

是给你的最后一封信。
我是那不知去向的旅人
就像那天一样
你是那么的遥远。
也不知道是死是活
遥远的恋人
Yes 也好 NO 也好
现在什么办法也没有。

译文二：

是还是否都不用写
九月一日早上寄给你的信
将是我最后的一封。
我是那不知去往何处的旅人
就像那天一样
你依然很遥远。
就连是死是活都不知道
我遥远的恋人

是也好否也罢
现在都无计可施。

秋の眸

秋の
青い眸は
じつにしずかに
よろこびも
かなしみも
じっと
たたえて
います。
はつ秋の
こころは
さわらないで
さわらないで
いまにも
涙が
こぼれます。

秋眸

秋日
那双蓝色的眸子
悄无声息地
满含着
喜悦
静静地
也充满了
忧愁。
初秋的
心绪
不要去触碰
不要去触碰
转瞬
眼泪
就要滑落。

手

右の手が
書いた手紙を
左の手は
知らない。

右の手が
握手したのも
左の手は
知らない。

だが
左の手の指の指輪が
何を意味したか
右の手は
知っている。

手

右手
写过的信
左手
不知道。

右手
握过的手
左手
也不知道。

但是
我左手上的戒指
意味着什么
右手
很清楚。

手紙

赤いインクの手紙です
あたしへあてた手紙です
誰にも見せない手紙です
よんだらやぶく手紙です
でも
やぶきたくない手紙です。

信

红墨水写的信
是写给我的信
不能给人看的信
读后想撕碎的信
但是
不想销毁的信。

母の家

ひとすじの
草の小径
母が在所へ
山ひとつこゆれば
母の家の白壁に
夕日
あかあか
涙ながれき。

母亲的家

一条
杂草丛生的小路
通向母亲的故里
只要翻越一座山
就能看到母亲家的白墙

44

被夕阳
映照得红彤彤的
眼泪不禁夺眶而出。

あなたの心

あなたの心は
鳥のよう
涯のしれない
青空を
ゆきてかえらぬ
鳥ならば
私の傍へ
おくために
銀の小籠に
入れましょう。

你的心

你的心
宛如鸟儿
无边无涯

如果真是那翱翔蓝天
去而不归的
小鸟的话
请来我身边
陪伴我
在小银笼里
来吧。

きょう

きのうのための悲しみか
明日の日ゆえの侘しさか
きのうもあすもおもわぬに
この寂しさはなにならん。

今天

是为了昨天的悲伤吗
还是为了明天的孤寂
无论是昨天还是明天
寂寞都是无法改变的。

友情

ただお友達になってあそびましょうね
お友達の垣根を越えないように
そうでないと
別れる時が辛いから。

友情

咱们就做朋友一起玩吧
不能越过界限
不然
分手时会很痛苦。

若き日

かなしきときは
悲しむこそよけれ。
うれしきときは
喜ぶこそよけれ。
わかき日のために。

年轻的时候

译文一：

悲伤的时候
请尽情地哭泣。
喜悦的时候
请尽情地欢笑。
不要辜负美好的时光。

译文二：
伤心时
伤心
喜悦时
喜悦
为年少。

晩餐

銀のナイフはきさらぎの
露台の卓にひかりつつ
いとしき妻は涙ぐみ
とうときパンをちぎるなり

晩餐

银质餐具在如月离别的
阳台的餐桌上闪闪发光
我亲爱的妻子泪眼汪汪
尊严地把面包撕成小块

ひとり

ひとをまつ身はつらいもの
またれてあるはなおつらし
されどまたれもまちもせず
ひとりある身はなんとしょう。

一个人

译文一：

等人是件折磨人的事
让人等更是令人难受
然而没有被等和等待
独自一人会更加痛苦。

译文二：

等人苦
让人等苦

56

没有等和被等
一个人将更苦。

春はとぶ

あの日の
ままで
逢うやら
逢わぬやら
たんぽぽが
散るに
そっと
おかえり

春飞

和那天
一样
见也罢
不见也罢
当蒲公英

飘落之际
柔声道
欢迎回家

昨日の夢

青き小鳥は
昨日の夢の恋しさに。
青き小径を見にゆきぬ。
青木小径は
小石原さす影もなし。
涙ながしてかえりきぬ。

昨天之梦

译文一：

蓝色的小鸟
怀恋昨日的梦境。
去看那青翠的小径。
青翠小径上
连小石原影子都不见。
用手抹着眼泪又回来了。

译文二：

蓝色小鸟
怀念昨日之梦。
去看蓝色小径。
蓝色小径
没小石原影子。
流着泪回到家。

花火

花火のようにのぼりつめ
花火のようにきえました。
花火のようにうつつなう
はかなく消える恋でした。

烟花

像烟花一样令人兴奋
像烟花一样消失无踪。
像烟花一样现实存在
是那瞬间即逝的爱情。

やくそく

約束もなく日が暮れて
約束もなく鐘が鳴る。

約束もせぬ寂しさは
誰に言いやるすべもなし。

约定

译文一：
没有约定地天就黑了
没有约定地钟声就响起了。
没有约定的这份寂寞啊
与谁都无法细诉。

译文二：

天色没有约定地就暗了

晚钟没有约定地就响起了。

这份没有约定的寂寞啊

任由谁都无法与之细诉。

恋

ある時は、歓びなりき。
或る時は、悲しみなりき。
いまは、
十字架

恋爱

有时，我会喜悦
有时，我会悲伤。
而现在，
我会宽恕

靴下

あなたのための
靴下を
白い毛糸で
編みましょう。
もし靴下が
やぶけたら
赤い毛糸で
つぎましょう。
けれども
遠い旅の夜に
あなたの心が
破れたら
あたしは
どうしてつぎましょう。

袜子

我用白色毛线
为你
编织
袜子。
如果袜子
破了
我用红色毛线
来修补。
然而
在远途的夜晚
你的心
如果破了
我又该
用什么来修补呢?

忘れえぬ面

野の路で
ぼんやりと
汽車をみている
娘があった。

悲しい私の
旅の日に

难忘的面容

田间小路上
有位女孩
呆呆地
望着列车。

在我悲伤的

行く水

ゆく水のこころ
ひとはしらなく
わがこころ
きみしらなくに。
ゆく水は水　君は君。

流水

水之心
人不知
吾之心
君不晓。
水流不息　你还是你。

子供の世界より

何故お父様は王様にならなかったの？
何故机の脚には膝がないの？
何故母様は私より大きいの？
何故人形が女の子にならないの？
何故猫は人のよふにして歩かないの？
何故子供に名があるの？
何故私の名はテル坊っていふの？
何故甘しい物を沢山食るとキイヽになるの？
何故林檎は木になるの？
何故ナイフで物が切れるの？
何故日が暮れるの？

来自孩子的世界

为什么爸爸成不了国王？
为什么桌子的腿没有膝盖？

为什么妈妈会比我大？
为什么人偶成不了女孩？
为什么猫咪不能像人一样走路？
为什么孩子都有小名？
为什么我被叫光头小子？
为什么吃了甜食就会特别的精神？
为什么苹果能长在树上？
为什么小刀能切东西？
为什么天会黑？

白壁へ

ふたりはかきぬ。
「しらぬこと」
ふたりはかきぬ。
「よろこび」と
ふたりはかきぬ。
「さよなら」と。

白墻上

两人写了
『不知道的事』。
两人写了
『欢喜』。

两人写了
『再见』。

くれがた

約束もせず
知らせもなしに
鐘が鳴る

約束もせず
知らせもなしに
涙が出る。

傍晚

译文一：
没有约定
也没有预兆地
钟声响了起来

没有约定

也没有预兆地
眼泪掉了下来。

译文二：
没有约定
没有预兆地
钟声响了

没有约定
没有预兆地
泪留满面。

ゆびきり

約束もしないのに
燕はきました。
ゆびきりをしたのに
あの人はきません。
夏のあさづき

约定

没有约定
燕子却飞来了。
明明有过承诺
那个人却没有来。
夏日的朝月啊。

ある春の日

たんぽぽのむく毛は
石竹色の春の空を
雪のごとくとびかえり。

「きみがもっとも深く
めでたまいしは誰なりし」
かくたずねしひとの
眼はかがやきぬ。
むく毛は雪のごとく
とびかいぬ。

某个春日

蒲公英的绒毛
在石竹色的春天
如雪花般飞舞。

『你最喜欢的
到底是谁啊』
询问的人
眼睛亮晶晶的。
绒毛宛如雪花
飞来又飞去。

うかれ心

夜は夜とて木のかしら
幕のあくのをまつこころ。
昼は昼とて野の路で
三味線草に身をなげて
あの夜のひとをまつこころ。

日思夜盼

译文一：

夜幕下开场鼓响起
等待开幕紧张的我。
白天在田间小路边
我仰躺在荠菜花上
像那晚一样的等你。

译文二：

夜晚开场鼓响了
等待幕布的开启。
白天在野地小路
仰躺在荠菜花上
像那晚一样等你。

译文三：

夜幕敲响了梆子
等待开幕的心情。
天明在野边小路
我躺在荠菜花上
就像那晚等着你。

ゆうくれがたに

ゆうくれがたに
そよ風の
そっと
しのんできたことも
夜の河原で
待宵草の
ほのかに
白くさいたのも
見たのは
若い月ばかり。

傍晚时分

傍晚时分
微风
轻轻

吹拂
夜晚的河滩
待宵草
微微
泛白
此情此景
唯有那初升的明月可鉴。

夕

つきが海からあがる時。
宵待草がほっかりと
眼をあくようにさきました。
青い家では窓をあけ
窓の光がさしました。

黄昏

月亮从海面上升起的时候。
待宵草突然地
如梦初醒般地睁开了眼睛。
蓝屋的窗开着
月光从窗外斜射进来。

野の路

娘のままで
またいつ逢うやら
逢わぬやら。
さいなら。
たんぽぽが散るもの。
そっとお帰り。

田 译文一：

依然是那少女般的纯真
何时能够再见
或许不能再见。
再会了吧。
蒲公英会凋零。
请回去吧。

译文二：

我们何时能够再相遇
你依然如少女般纤尘不染
或许永远不能再相逢。
还是再见了吧。
蒲公英是会凋零的。
请好好地回家去吧。

花火

紺青のほのめく空に
ついついと花火はのぼる
いさぎよくちるや
らんぎく
やなぎ　からまつ
かぎや　たまや

烟花

在幽蓝的空中
烟花冲上了天绽放飞舞
忽然又消失得一干二净
乱菊
柳叶　落叶松
键屋　玉屋

お寺の鐘

印度茶の夕日は
しずやかにしずみゆく。
黒き老杉の木の間へ

日本のお寺の鐘は
くれよつの時をつくりぬ。
恋人よ、
いざ夕の祈禱せむ。

寺院钟声

印度茶色的夕阳
在黑色的老杉树间
缓缓地西沉。

日本寺庙的钟声

在暮色中响起。
意中人啊，
来做晚祷吧。

煙草のけむり

しずやかに
たちのぼる煙草のけむり
めずらしや
なごみたる心のそばに
寄添うものは何ならん。

街角にわかれたる恋人は
いや遠し。

香烟的烟雾

袅袅
升起的香烟的烟雾
发现
能让心情平静的
该依靠什么呢。

在街角吵嘴分手的恋人
离此太遥远了。

貧しき巷の女へ

うそとまことをくみわけて
心よいつもぬれてあれ。
眼には涙をたたえても
こぼさぬほどに光あれ

致贫困巷中的女性

分清谎言和真诚
纯洁的心因受伤而郁闷。
即使眼泪在眼眶中打转
不轻易掉落才有无限希望

やさしきもの

日ごと夜ごとの放埒に
われとわが身はさいなみて
昔の夢はすてしかど
心のそばによりそえる
やさしきものは何ならん。

温情

每日每夜地放荡形骸
自作自践
是因为抛弃了曾经的梦想
什么才能
温暖我们的心灵呢。

涙

草葉にむすぶ露ならば
緑のいろにちらうもの
もしや紅薔薇の露ならば
うす紅いろにたまろもの
涙はひとにかけてこそ
勿忘草の花ににる。

眼泪

被露水浸透
草叶才焕发出翠绿的颜色
被露水浸透
玫瑰才焕发出娇艳的粉色
被眼泪浸透
才能像这忘忧草。

風

柳をふけば
柳がなびく
小草をふけば
小草がなびく。
わたしの髪は
風にさへ
なびくまいぞえ。

风

译文一：

风吹柳树
柳叶摆动
风吹草地
小草荡漾。
我的秀发

却连风儿
也吹不动。

译文二：
风吹柳树
随风摇曳
风吹小草
漾起波纹
我的发丝
却连风儿
也吹倦了。

紅ほおずき

妹がつまぐる紅ほうずきを
いわれなく破りすてつつ
二人して泣きいでぬ。

わけはしらずただかなしさに。

红姑娘

译文一：

妹妹慢捻着红姑娘
好端端的却捏碎丢弃
两人抱头痛哭。

莫名的悲伤。

译文二：

妹妹把玩着红姑娘
无端地给揉碎抛弃
两人一起哭了起来。
不知为何，只觉悲伤。

忘れた手套

それは星の降るような
五月の宵のことだった。
エデンの園の長椅子に
青い手套を忘れて来た。
むかしも空はうつくしかった。
むかしの人もやさしかった。
だが、もうむかしのことだ。
あの時、帽子にさした
（幸福のしるし）である。
青い花はもう
枯れて黒ずんでしまった。
若い娘さんたち
あなたがたのなかで
もしや　わたしの青い手套を
見つけた人があったら言って下さい。

遗忘的手套

那是一个满天星辰的
五月的夜晚。
在伊甸园的长椅上
我把蓝色的手套给遗忘了。
以前的天空很美。
以前的人也很柔情。
但是，都已经是以前的事了。
当时、插在帽檐上的
幸福的标志。
蓝色的花儿
已经枯萎发黑。
年轻的姑娘们啊
你们中间有谁
如果　发现了我的蓝手套
请记着告诉我啊。

凧

子供等よ
紅い凧を
あげよう

高く高く
雲の上まで

糸をのべよ
糸をのべよ

雲の上には
何があるだろう

雲の上まで
紅い凧を
あげよう

风筝

孩子们
放
红风筝啦
高点再高点
放到云上去
放长线
放长线

云上
会有什么呢？

把红风筝
放到
云上去

大きな音

世界中の水が
みんな一つの海だったら
どんなに大きな海になるだろう。
世界中の木が
一本の木になったら
どんなに大きな木になるだろう。
世界中の斧が
一つの斧であったら
どんなに大きな斧になるだろう。
世界中の人が
一人の人であったなら
なんてまあ大きな人になるだろう。
そしてその大きな人が
その大きな木を伐倒して
大きな海へ投げ込んだら
どんなに大きな音がするだろう。

巨大的声响

如果全世界的水
汇成为一个海的话
那将会是个多大的海啊
如果全世界的树
都成为一棵树的话
那将会是棵多大的树啊
如果全世界的斧头
都成为一把斧头的话
那将会是把多大的斧头啊
如果全世界的人
都成为一个人的话
那将会是多大个头的人啊
然后，那个巨人把
那棵巨树砍倒
扔进巨大的海中
那将会发出多大的响声啊

あげてよいものわるいもの

あたしのポケットになにがある
あてたらあなたにあげませう。
あたしの袂に何がある
あてたらあなたにあげませう。
あたしの心に何がある
あててもこれはあげません。

能够给予的和不能给予的

我的口袋里装着什么
如果猜中了我就把它给您。
我的袖袋里装着什么
如果猜中了我就把它给您。
我的心里装着什么
这个即使猜中了我也不会给您的。

雪よ小雪よ

雪よ
わたしの顔にちれ
あついわたしの顔にちれ。
雪よ
わたしの唇に
あかいわたしの唇に。
雪よ
わたしの髪にちれ
また淡青いへアピンに。
雪よ
わたしの窓にちれ
うすくれないのべゴニアに。
けれども雪よ
わすれても
わたしのねたまに紅の・
ゆめのうえにはちるなかれ

雪よ、小雪よ、淡雪よ

雪啊小雪啊

雪啊
落到我的脸上
落到我滚烫的脸上。
雪啊
落到我的唇上
落到我红红的唇上。
雪啊
落到我的发上
还有那淡蓝色的发卡上。
雪啊
落到我的窗台上
落到淡粉色的秋海棠上。
但是，雪啊
即便忘了也请

不要在我沉睡的红色的
梦乡里飘落啊。
雪啊，小雪啊，玉雪啊。

悲しい『さよなら』

白い顔が、
だんだん小さくなってゆくーー
桃色のハンカチーフが
ヒラヒラとうごいた。
あ、それも、もう見えなくなるーー
泪の中に、黒い列車が浮いて見えた。
『さよなら……』

悲伤的『再见』

白皙的脸，
变得越来越小——
粉红色的手帕
在挥舞飘扬。
啊，那也，越来越模糊——
泪中浮现黑色的列车。

『再见……』

木の実

とっても　とっても
　とりきれない。
そんなに　たくさん
　実がなった。

たべても　たべても
　たべきれない。
こんなにたくさん
　実がなった。

果实

好多　好多
　摘也摘不完。
结了那么多的
　果实。

吃呀 吃呀

吃也吃不完。

结了这么多的

果实。

小鳥の唄

しらじら夏の陽のひかる
青葉の影がお家です。
ゆけどもゆけども山と水
そこが私のお庭です。

小鸟之歌

白晃晃的夏日阳光下
绿叶阴影就是我的家。
走了又走还是山和水
那里就是我的庭院。

山の小鳥

山の小鳥は海しらず
海が見たさに山を出て
海辺の里へ来はきたが
いつの間にやら日が暮れて
どこが海やら音ばかり
見たのは渚の波がしら
山へ帰ってゆきました。

山里的小鸟

山上的小鸟不知道大海
因为想看海所以从山里来
来到海边的村子
不知不觉天就黑了
只听到海边的波涛声
只看到岸边的海浪

就回山里去了。

かくれんぼ

樫の木陰で美さんと
ふたり隠れて待っていた。

遠くで鬼の呼ぶ声が
風の絶え間にするけれど
ひらりと飛ぶは鳥の影。

までどくらせど鬼は来ず
やんがて赤い月が出た。

捉迷藏

我和小美两人
偷偷地躲藏在橡树荫下。

远处虽偶有风声间隙中

传来鬼呼之声

但翩然飞过的只有鸟影。

等啊等　直到夜幕降临　鬼也未曾现身

最终只见一轮红月升了起来。

レンゲ草

ひいらいた、ひいらいた
レンゲの花がひいらいた。
あちらの方に三つ
こちらの方に二つ。
さあさあいらっしゃい
レンゲの上にねんころり。

紫云英

开了，开了
紫云英的花儿开了。
那边三朵
这边两朵。
快快快来啊
我们在紫云英上打滚玩。

青い窓

隣のとなさん、何処へいた。
向うのお山へ花摘みに
露草　つらつら月見草。
　一枝折れば、ぱっと散る
　二枝折れば、ぱっと散る
　三枝がさきに日がくれて

東の紺屋へ宿とろか、
南の紺屋へ宿とろか、
東の紺屋は赤い窓、
南の紺屋は青い窓。
　南の紺屋へ宿とれば、
　夜着は短かし夜は長し。
　うつらうつらとするうちに
　青い窓から夜があけた。

蓝色的窗

隔壁的那位去哪儿了。
到那边的山里摘花去了
日中花连绵　月见草摇曳。
　折第一枝，立刻散落
　折第二枝，立刻凋谢
　折第三枝天黑了

住东边的染坊呢，
还是住南边的呢，
东边的染坊是红窗，
南边的染坊是蓝窗。
　如果住南边的染坊，
寝衣短，夜儿长。
迷迷糊糊之中
蓝窗户外天亮了。

鷗

かもめ　かもめ
白いかもめ。

かもめ　かもめ
風に吹かれて飛ぶかもめ。

かもめ　かもめ
帆かけて走る。

海鸥

海鸥　海鸥
洁白的海鸥

海鸥　海鸥
海风吹海鸥飞。

海鸥　海鸥
扬帆远航。

シャッポ

ひろい空からふる雨は
森のうえにも牧場にも
びっくり草にも小鳥にも
みんなのうえにふるけれど
子供のうえにはふりませぬ。

それは子供の母親が
シャッポをきせてくれるから

帽子

广阔天空降下雨露，
无论森林还是牧场，
无论含羞草还是小鸟，
万物皆沐浴其中，
唯独孩童未被淋湿。

那是因为孩童的母亲，
为他戴上了一頂帽子。

枇杷のたね

枇杷のたねをばのみこんだ。
おなかのなかへ枇杷の木が
はえるときいてなきながら
枇杷のなるのをまってたが
いつまでたってもはえなんだ。

枇杷核儿

囫囵吞下了枇杷核儿。
听说肚子里会长出枇杷树
我一边哭着一边
等待着枇杷长出来
但是一直都没有长出来。

柳

ながれのきしの
あをやなぎは
たもとかかげて
なよなよと。

ながれのきしの
ゆふぐれに
髪ながき子は
しをしをと。

ながれのきしを
ゆくみづは
おもひみだれて
しくしくと。

柳树

河畔的
绿色柳条
宛若袖袂飘飘
婀娜轻盈。

河畔的
暮色西沉
长发女孩还在
轻声叹息。

河畔的
缓缓流水
令人思绪纷飞
潸然泪下。

山と海

山の少女は海しらず。

「海にはどんなに沢山の
苺がとれる?」と聞きました。

海の少女は山しらず。

「森に鰊が取れるほど」

山和海

山里的女孩没见过大海
问道『海里能摘到
好多好多的草莓吗?』
海边的女孩没见过大山。
问道『森林里能捉到鲱鱼吗?』

月日

月日は流れ身は流れ
かけた望も約束も
流れのひまに忘れつつ。

月日は流れ身は流れ
きのうの人もこの人も
流れのひまに忘れつつ。

月日は流れ身は流れ
はた悲も歓も
流れのひまに流れつつ。

神の名にかけ願いし
身はひとつ
去年の五月ことしの五月。

日月

日月流转年华已逝
许下的愿望和承诺
在随波逐流中渐渐淡忘。

日月流转年华已逝
昨日的她也好今日的她也好
在随波逐流中渐渐淡忘。

日月流转年华已逝
悲伤的欢喜的
在随波逐流中渐渐淡忘。

以神的名义许下的诺言
唯有自己一个人
去年的五月今年的五月

みどりの窓

あなたのために
窓をあけ
あなたのために
窓をとじ
みどりの部屋の
卓のへに
青い花を
さしましょう。
あなたのために
窓をあけ
あなたのために
窓をとじ
日あたりに
青い小鳥を
かいましょう。

あんまりはやく
幸福がきて
あんまりはやく
幸福がゆかぬように
私達は
待ちましょう。

绿色窗户

为了你
打开了窗户
为了你
又关上了窗户
在绿色房间的
桌上
插上
蓝色的花朵吧。
为了你

打开了窗户
为了你
又关上了窗户
在有阳光的地方
我们养只
蓝色小鸟吧。

幸福
来得太快
也太快了
愿幸福不要离去
让我们一起
期待它的到来吧。

再生

焼跡の破れし瓶の溜まり水に
甦り咲きいでし水蓮の花よ。
秋の青空水にあり。
焼跡の築地のうえに腰かけて
空を見上げる乙女よ。
秋の青空眸にあり。

再生

水莲花在留有烧痕的
破瓶积水中复苏绽放。
秋日蓝天倒影在水里。
蹲坐在烧焦的土塀上
仰望长空的少女啊。
秋日青空就在她眼中。

わたしの路

わたしは窓をあけましょう
窓の下には樺色の
りぼんのような野の路が
林の方へつづきます。
朝には私へ新聞と
手紙をもった郵便が
こっちへ歩いて来るのです。
風のしずかな夕方は
わたしのだいじな友達が
見返りがちにかえります。
わたしの路に陽がおちて
薄紫に暮れるとき
わたしは窓をとざします。

我的路

我打开窗户
窗下是一条桦树色
像缎带般的原野小路
向着树林的那头延伸。
每日清晨送来报纸
和信件的邮差
会沿着这条道走来。
伴有微风静悄悄的傍晚
我珍视的好友
频频回望归去了。
路上余晖落尽
暮晚霞渐成淡紫色时
我关上了窗户。

揺籃

清く悲しく
今日も暮れにけり。
窓掛けの彼方より
ながれいるは楽の音か
言葉なき子守唄。
わが霊は揺れゆるる
窓近き青葉の風の揺籃に
やさしく涙ぐめる心は
嬰児のごとく
静かに憩う。
清く悲しく今日もありけり。

揺籃曲

爽快而又悲傷
今日又将逝去。

从窗户的那边
悠扬飘至的是乐声吗
无言的摇篮曲。

我的灵魂在摇曳
绿叶微风轻抚近窗的摇篮
温柔地满含着眼泪
像婴儿一般
静静地休憩。
爽快而又悲伤今日亦如此度过。

見知らぬ島へ

ふるさとの山をいでしより
旅にいくとせ
ふりさけみれば涙わりなし。

ふるさとの母はこいしきか。
いないな
ふるさとの妹こいしきか
いないな。

うしないしむかしのわれのかなしさに
われはなくなり。

うき旅の路はつきて
あやめもわかぬ岬にたてり。
すべてうしないしものは
もとめむもせんなし。

よしやよしや
みしらぬ島の
わがすがたこそは
あたらしきわがこころなれ。

いざやいざ
みしらぬ島へ。

未知的岛屿

离开故土
踏上了旅程
回头遥望不争气的泪珠滑落

想念家乡的母亲吗
不不
想念家乡的妹妹吗
不不。

迷失了昔日的我的伤痛
我已经消逝的无影无踪。

漂泊之旅走到了尽头
我伫立在分不清东西南北的岬角。
世间万物皆为过眼云烟
追求也罢终归于无。

罢了罢了
在这陌生的岛屿
我的风姿正是我
焕然一新之心灵。

出发了出发了
向着那未知的岛屿出发。

花のゆくえ

ほろり　ほろり　と、花がちる。
花にゆくえを聞いたらば。
空へ舞うのは、蝶になる。
海へ落ちれば桜貝。
花はのどかに笑ってる。
ほろり　ほろり　と、花がちる。

花儿的去向

花儿随风纷纷飘落。
询问花儿的去向。
在空中飞舞，变成蝴蝶。
落入海中变成樱贝。
花儿在悠闲地微笑。
花儿随风纷纷飘落。

旅行く鳥

見知らぬ鳥はとんでゆく
ひとりぼっちでとんでゆく
見知らぬ鳥はどこへゆく

見知らぬ野越え山を越え
遠い野末の松の木に
あるかもしれぬ巣をとめて

見知らぬ鳥はとんでゆく
昨日のように今日もゆく
見知らぬ国へとんでゆく

小鸟的旅行

不知名的鸟儿在飞行
孤零零地独自在飞行

不知名的鸟儿将飞往何处

飞过陌生的原野和高山
飞到远处原野尽头的松树上
在或许存在的巢穴中停留

不知名的鸟儿在飞行
如同昨日今日也将飞行
飞往那未知的国度

青い鳥

ちるちる　みちるはどこへいた
緑の森へ鳥とめて
青い小鳥をみにいたが
青い小鳥はみえもせず

ちるちる　みちるはどこへいた
緑の海へ鳥とめて
青い小鳥をみにいたが
青い小鳥はみえもせず
ちるちる　みちるはどこへいた
緑の森に路はなし
緑の海ははてしらず
青い小鳥はまだみえぬ

青鸟

吉琪和美琪去哪里了
去绿色森林里找小鸟
去看小青鸟了
却连一只青鸟也没有发现

吉琪和美琪去哪里了
去蓝色大海里找小鸟
去看小青鸟了
却连一只青鸟也没有发现
吉琪和美琪去哪里了
绿色森林里连一条小路也没有
蓝色的大海无边无际没有尽头
还没有发现小青鸟

やまびこ

わたしが笑えば
お山も笑う。

お山が笑えば
わたしは怖い。

いっそ泣いたが好かろうか。
いやいやお山に泣かれたら
とてもわたしは怖かろう。

山谷回声

如果我笑
大山也笑。

如果大山笑的话

我会害怕。

干脆哭出来可好。
不不如果大山也哭的话
那我会很害怕哒。

ロンドンへ

可愛い猫よ、クロさんよ。
お前は何処へ往ってきた？
野越え山越えロンドンへ。
女王に逢いに往ってきた。
可愛い猫よ、クロさんよ。
お前は其処で何をした？
女王の椅子に腰かけた。
すると下からひょっこりと
鼠がでたので驚いた。

到伦敦去

可爱的小猫咪，小黑哟。
你这是上哪儿去了呀？
翻山越岭去了趟伦敦。
拜见了女王陛下。

可爱的小猫咪，小黑哟。
你在那里干了些啥？
我坐到了女王的宝座上。
然后从下面突然冒出
只老鼠吓了我一大跳。

月見草

うつらうつら夢みてた。
月見草の花は、
何故眼をさました。
月姫様が、
お出になると
星が知らせて眼がさめた。

月见草

正迷迷糊糊地做着梦。
月见草的花儿问道，
怎么就醒了呢。
月亮公主回答说，
一出门
星星就通知我，我就醒了。

廃園——わが夢のふるさとへ捧ぐ——

焼野が原のこおろぎは
こおろぎは
きのうのように歌えども。

焼野が原のこおろぎは
こおろぎは
きいて悲しむ人もなし。

焼野が原のこおろぎは
こおろぎは
きのうのように歌えども。

废园——献给我梦中的故乡——

被野火烧过的田野里的蟋蟀
蟋蟀

即便像昨日一样地歌唱。

被野火烧过的田野里的蟋蟀
蟋蟀
连倾听伤心的人也没有。

被野火烧过的田野里的蟋蟀
蟋蟀
即便像昨日一样地歌唱。

冬来りなば春遠からじ

陽の中に手をさしのべる
薔薇のこずえのあかき芽よ。

さしうつむきて約束をまつ
薔薇の蕾のあかき頬よ。

「冬来りなば
春遠からじ」

冬天到了春天已经不远了

把手伸向光的所在
玫瑰枝头的红色嫩芽。

低头沮丧地等待约定
玫瑰花蕾红红的脸颊。

『如果冬天到了
春天已经不远了。』

春いかば

泣けるときは泣くがいい
もうたくさんだというほどお泣き。
笑えるときは笑うがいい
もう笑えないというほどお笑い。
青春がだんだん過ぎると
泣くことも笑うことも
出来なくなる時が来る。

春行兮

能哭的时候就哭吧
让自己一次哭个够
能笑的时候就笑吧
让自己一次笑个够。
当青春渐渐远去
哭不出也笑不出的

时候将会到来。

巷の風

風がひとり
巷の坂をのぼるなり
風にさそわれて
あゆむ心か。

小巷的风

一阵风
吹过街巷的坡道
那是被风吸引
而行走的心吗?

春のあしおと

どこかしら
白いボールのはずむ音
いつかしら
足音もない春がきた
隣の室へ春がきた。
なにかしら
うれしいことがあるように
春がわたしをノックする。

春天的脚步声

不知从哪里
传来白球弹跳的声音
不知道何时
春天悄无声息的来了
春天来到了隔壁的房间

不知道为何
像有什么喜事儿似的
春天在敲门。

巷の雪

町の巷にふる雪は
きえてはつもりつもりては
はかなごころが身をおとし
夜は夜とて歌い女の
膝に涙をこぼすゆうぐれ。

小巷的雪

街头巷尾的雪花
融化了又积聚
脆弱的心使我屈服
夜夜笙歌的在女子的
膝上泪眼婆娑地入夜。

郵便函

郵便函がどうしたら
そんなに早く歩くだら。
わたしの神戸の伯母さまへ
わたしはすきなキャラメルを
送るようにと認めて
郵便函にことづけた
三つほど寝たそのあした
わたしの好きなキャラメルは
ちゃんとわたしに着いていた。

邮筒

邮筒怎么才能
走得快些啊。
告诉我神户的伯母
给我寄

我喜欢的牛奶糖
托付了邮筒
三天就在明天
我喜欢的牛奶糖
就会顺利到达。

傷める紅薔薇

そっとおひきよ
撞木の紐は
鐘がなるたび
身がほそる。

そっとおあけよ
小庭の木戸は
笹がなるたび
身がゆれる。

そっとおしめよ
一重の帯は
帯がなるたび
身がほそる。

痛苦的红玫瑰

轻轻地牵动
撞木的绳纽
每当钟声响起
伊人憔悴衣带渐宽。

天渐渐地亮了
小院木门旁的
细竹声每当响起
思君的我已惘然。

轻轻地勒紧
单层的腰带
每当系好绳结
伊人憔悴愁更愁。

悲

わがいとけなかりし頃よ
声あげて泣きしか。

いまはあはれ
なにのゆゑともしらず
音もたてず心哀し。

悲

年幼的时候啊
我会放声大哭。

可现在感到悲伤时
不知为何只会
默默地难过。

もしも

もしも地球が金平糖で
海がインクで山の木が
飴と香桂であつたなら
なにをのんだらいいだらう。
学校の先生もしらなんだ
国王様もしらなんだ。

如果

如果地球是金平糖
大海是墨水，山上的树
是糖果和香桂的话
那我到底该选哪个才好呢?
这连学校的老师也不知道
连国王陛下也不知道

春の手

どっかであたしをよんでいる
だれかがあたしを待っている。
ずっと遠くだ、すぐそこだ。
あたしは小窓をあけて見た。
あたしはそっと手を出した、
おもたい、やさしい、なやましい。
あの人の手だ。春の手だ。

春天的手

在某个地方有人在呼唤我
有人在等我。
很远很远，就在那里。
我打开了小窗向外瞧。
我轻轻地伸出了双手，
庄重、温柔、迷人。

是那人的手。是春天的手。

春の山

お山がふくれた
お山がふくれた。
そしてそこから
蕨が生える。
土筆が
生える。
お山がふくれた
お山がふくれた。

春天的大山

大山鼓起来了
大山鼓起来了。
然后从那里
长出了蕨菜。
笔头菜

也长出来了。

大山鼓起来了

大山鼓起来了。

つばき

つらつら椿の花が散る。
きらきら椿の葉が光る。
しずかな海を船がゆく。
つらつら椿の花が散る。
きらきら椿の葉が光る。

山茶花

怒放的山茶花纷纷凋谢。
山茶花的绿叶闪闪发光。
船行驶在平静的海面上。
怒放的山茶花纷纷凋谢。
山茶花的绿叶闪闪发光。

文より

「郵便箱を
自分で明けにゆく習ひに
なりました」と
文にあり。

来自远方的信

『我已经
习惯了自己去
打开邮箱』
信中写道。

ふるさと

山のうへから南をみれば
どれが故郷の山ぢゃやら
わしがかかさはあの山かげで
夜はよもすがらぎいとんとん
かあい娘のきものを織ろと
糸をつむいでゐやるもの

故乡

从山顶向南边望去
哪座才是我故乡的山啊
我的母亲在那座山后头
通宵达旦嗡嗡嗡地
为给心爱的女儿织新衣
正细心地纺着棉线。

雪の降る日

雪の降る日は、駒鳥の
紅い胸毛のおどおどと
風に吹かれるやるせなさ

雪の降る日に、小雀は
赤い木の実が食べたさに
そっと見に出るいじらしさ

下雪天

下雪天，驹鸟的
红色胸毛瑟瑟发抖
在风中显得无可奈何

下雪天，小雀儿
为了吃那红果子

黄色の花

トランプの
女王が持てる黄なる花
黄なるがゆえの寂しさか。
今日も今日とて野の路で
そのきぬぎぬのしおりとて
汐止橋の橋のうえ
果敢なく消えてしまうもの
今日はどうして暮らそうぞ。

黄色的花朵

纸牌里
女王手中的那朵黄花
是寂寞的缘由吗?
今日也在乡间小径漫步
雾水姻缘啊锦书难托

我站在汐止桥的桥头上
感慨人生如戏梦醒无痕
今日我又该如何度过啊

飛ぶもの

先生のしゃっぽに羽根がはえ、
あれあれ宙を飛んでゆく。
櫻の花にも羽根がはえ、
ひらひら空へ舞いあがる。

木の葉も瓦も犬の児も、
世界のものはみんな飛ぶ。
それとべ蜻蛉。
やれとべ鳶。

飞行物

老师的帽子上长着翅膀，
啊啊在宇宙飞行。
樱花也长上了翅膀，
在空中飞舞。

树叶、瓦片、小狗，
世界上所有的东西都会飞。
飞吧蜻蛉。
飞吧小鹰。

なぎさ

いずこより来たまいしやと
真砂は聞きぬ。
　名も知らぬ南の島より。
椰子の実は眼を伏せぬ。
　いずこへ行きたまう。
失いし幸福をたずねて
　ゆくえも知らず……
昨日につづく波の音は
かえらぬ旅人の唄を歌えり。

岸边

不知其源何处寻
细沙渺渺亦难言。
来自南方陌生的岛屿。
椰果眼帘低垂诉离愁。

何处才是我的归途啊。
寻觅逝去的幸福
却已迷失了方向……
海浪声声似昨日回响不绝，
仿佛在吟唱不归人之哀歌

忘却
スケッチ帖のはしり画き

桃割の子
ローマの子
顔ばかりならべる悲しさ

相見し子
相逢いし子
名も聞かで別れけり

幾山河
さかりきて
春も暮れぬ。

遗忘

素描帖上的速写

桃子发型的女孩
宛如罗马神话中的女神
颜容都带着淡淡的哀愁

仿佛前世有缘
却相见恨晚
未曾问及名字已悄然分手

多少壮丽山河
见证着无果的情缘
花开花落已是暮春时分。

動かぬもの

その日から
とまったままで動かない
時計の針と悲しみと。

译文一：
静默之物

从那天起
凝固了般静止不动的
时钟指针和哀伤。

译文二：
静止之物

从那日起
静止，凝固，不动的

时针和悲伤。

西へ西へ

遠き昔の夢なれば
時もおぼえず、四国路に
われ巡礼の子に逢いぬ。
『何処へゆく』とたずぬれば
『ゆくえもしらず、別れてし
　母をたずねて来しかども――』
『その母君はいずこにて
　御身の上をまちたまう』
『ゆくえはさらに白雲の
　世界の果ての常春の
たのしき町に母上は
居たまうよしを、三井寺の
僧都はわれに教えけり。
されば夜も日もふだらくや
鐘をならしてたずぬれど――
　世界の果ては見えもせず』

『ある時、母に聞きけるは
世界の果は日の落つる
西の空ぞとおぼえけり』
『やさしき君よ、いざさらば
西へ西へとたどるべし。
さちあれ君よいざさらば』
泪のうちに巡礼の
後姿はかくれけり。

向西再向西

那是遥远往昔之梦，
时间已模糊，在四国路上，
我遇见了一位巡礼之子。
我问：『你要去往何方？』
他答：『我不知目的地，只因寻觅
离别了的母亲而来——』
我又问：『你母亲在何处等你？』

他答：『我母亲的所在，三井寺的僧侣告诉我，
在那白云深处，世界尽头，
常春之镇上，母亲正等着我。
于是我日夜兼程，不问昼夜，
敲响钟声，询问方向，
世界的尽头却依然不可见。』
他说：『曾听母亲提起，
世界的尽头，在日落的西方天空。』
『善良的人啊，再见了，
我将继续向西，向西而行。
祝福你，亲爱的朋友，
再见了。』
泪眼模糊的视线中，
巡礼者的背影渐渐远去。

無題

この指を
この白き手を
この肌を
さすとも恨なきにと泣けど。

无题

译文一：
这手指
这白色的手
这皮肤
我无憾而泣。

译文二：
这纤纤手指
洁白如玉的手儿

细腻似绸缎般的肌肤，
我泪落无憾心自安。

译文三：
凝视着这纤细的手指
这洁白无瑕的小手
这如丝般柔滑的皮肤
我心中涌动着无尽的感慨
泪水悄然滑落
无憾亦无悔。

ゆく春

くれゆく春のかなしさは
白髪頭の蒲公英の
むく毛がついついとんでゆく。

風がふくたびとんでゆき
若い身そらで禿げ頭。

くれゆく春のかなしさは
薊の花をつみとりて
とんとたたけば馬がでる
そっとはらえば牛がでる
でてはぴょんぴょんにげてゆく。

消逝之春

暮色漸浓的春天的悲伤

如白头翁般的蒲公英的
绒毛不经意间随风飘散。

起风时它便飘走了
年轻的身体光着头。

暮色渐浓的春天的悲伤
摘一朵蓟花
一敲便跃出马儿来
轻轻一掸牛儿也出来了
它俩一蹦一跳地逃走了。

子守唄

好い児の坊やは、
誰が児ぞや。
お城の上の星の児か、
南の海の椰子の実か。
坊やを生んだ、
母が児ぞ。

摇篮曲

可爱的孩子啊，
你是谁的孩子？
是城堡上空的星之子吗，
还是南海的椰果之子呢？
生下这孩童的，
才是他的母亲哦。

月のうた

海がぴか〳〵光った。
月がとろ〳〵流れた。
えんや〳〵と船がよる。

月亮之歌

大海波光粼粼。
月亮缓缓流淌。
船呦呵呦呵地靠了过来。

岡の記憶

夕されば
うつら〱と月見草
わがたつ岡に咲きにけり。

夕されば
しみ〲と手をとりて
わが胸に君は泣きけり。

夕されば
なつかしき、泪のうちに
別れし岡こそうかべ。

山冈的记忆

译文一：

黄昏后

隐约可见的月见草
在我站立的山冈盛开。

黄昏后
你紧紧地握住我的手
在我胸前哭泣。

黄昏后
在怀念的泪水中
我只记得我们分别的山冈。

译文二：
入夜
我朦朦胧胧地看见月见草
在我驻足的山冈上静静绽放。

入夜
我们慢慢地牵起手

你在我怀中哭泣。

入夜
在泪水中怀念
我们分别的山冈。

兎兎

兎よ　兎
おまへの耳は
何故そんなに長い。
枇杷の葉をたべて
それで耳が長い。

小兔兔

小兔啊小兔
你的耳朵
为什么那么长?
是因为吃了枇杷叶
所以耳朵才长长的吗?

黒船

品川の
お台場こそは悲しけれ。
千年万年まったとて
どう黒船のくるものぞ。

黒船

品川的
台场才真正可悲。
纵等千年万年
黑船是怎么来的啊。

求願

与へられぬことを恨むまい。
心からほんとに
すべてを捨て、
求めたことがあつたと言へるか。

许愿

不要怨恨未得到的。
扪心自问
是否真曾
舍弃一切去无畏地追寻过。

蘇鉄

蘇鉄　蘇鉄
大きな蘇鉄
何を食べて太った。
釘を食べて太った。

苏铁

苏铁，苏铁
苏铁，好大个的苏铁
吃了什么长得这么壮啊
是吃钉子长这么壮得吧。

駱駝（一）

のらりくらりとしていたら
神様にしかられて
背中をしこたまなぐられた。
それで駱駝は瘤だらけ。

骆驼（一）

骆驼悠闲漫步时，
被神仙儿责备
狠狠地被抽了一顿，
于是骆驼背上长满了瘤。

駱駝（一）

駱駝の楽助さん
なんで首が長い。
なんにもせずに寝てゐると
あんまり日が長い。
それでひだるて長い。

骆驼（一）

骆驼乐助桑
为何你的脖子这么长啊？
因为什么也不做只是躺着
所以感觉日子好长啊。
因此脖子也长长滴。

雪

赤いわたしの襟巻に
ふはりとおちてふと消える
つもらぬほどの春の雪。
これが砂糖であつたなら
とつてわたしは食べよもの。

雪

在我的红围巾上
轻轻飘落随即消融
积不起来的春雪。
若这是砂糖
我定取而食之。

雫

電信の針金わたる露の玉
一つが走ればまた一つ
あとからから走りゆき。

まん中どころへくる時は
二つの玉が抱き合って
はかなく消えて落ちてゆく。

消えるものとは知りながら
みないさぎよく走りゆく。

露珠

译文一：

电信线间穿行的露珠
一颗接着一颗

紧紧相随地滑落。

当它们在电线中间相遇时
两颗露珠拥抱在一起
又虚幻地消逝得无影无踪。

明明知道终将消逝
却仍不由自主地勇敢得滑来。

译文二：

电信线间
露珠穿梭如织紧密相连
又一颗接一颗地滑落。

当它们在电线间相遇时
两颗露珠紧紧相依
却又在瞬间虚幻地消逝。

明知终将消失得无影无踪
却依然毫不懦怯地走来。

清怨

もしや薔薇がきみならば
しづかに揺るる微風に
露とくだけておつるとも
この身その葉にならうもの。
もしや小琴がきみならば
青い五月の小夜曲
夜は夜もすがら歌ひつつ
この身は絃にならうもの。

清怨

若你是那朵蔷薇
在轻轻摇曳的
微风中露珠破碎坠落
我愿化作绿叶追随着你。
若你是那把小琴

在五月蓝色夜空
为演奏的小夜曲而共鸣
我愿化作琴弦追随着你。

帯のうち

赤い帯のあひだでちくたく鳴つてゐるのは何ですか
くつわ虫?時計?ちょこれいと?
何だかあててごらんなさい
ああわかりましたよ心臓でせう

在衣带之间

红色衣带缝隙中，轻轻作响的是何物?
是纺织娘?是怀表?还是巧克力?
到底是什么，不妨猜猜看
啊，我明白了，那是心跳的声音。

山の彼方

（姉君よ
山の彼方は　いかなる国ぞ）

（妹よ　山の彼方は常春の
小鳥の歌と　花の香の
夜もなき国と聞きにけり）

（母君よ
山の彼方は　いかなる国ぞ）

（いとし児よ　かの山蔭は常暗の
鬼と蛇の住む　悪の領
人のゆくべき国ならじ）

（兄君よ
山の彼方は　いかなる国ぞ）

（我妹子よ　峠を越せば七彩の
空に虹あり　地に恋
いとしきものよ　いざゆかむ）

（父君よ
山の彼方は　いかなる国ぞ）

（愛娘　彼処こそ世の果の
流れるゝ川も　森もなく
『無限』へつゞく沙漠なり）

山的那边

（姐姐呀，
山的那边是怎样的地方啊？）

（妹妹啊，听说山的那边是常春之地，

有小鸟的歌声和花儿的香气，
是一个没有夜晚的地方。）

（母亲呀，
山的那边是怎样的地方啊？）

（亲爱的孩子啊，那山的阴影下是永恒的黑暗，
是鬼魅与毒蛇的居所，是邪恶的领地，
不是人应去之地。）

（哥哥呀，
山的那边是怎样的地方啊？）

（我的妹妹啊，越过山岭，
便有七彩的天空和彩虹高挂，地上满是爱恋。
心爱的人啊，让我们一同前往吧。）

（父亲呀，

山的那边是怎样的地方啊？）

（亲爱的女儿啊，那正是世界的尽头，
那里没有流淌的河流，也没有森林，
只有连绵不绝、通向『无限』的沙漠。）

越し方

不幸ではあった。
だが幸福でなかったと
どうして言えよう。
誰に言えよう。

往事

译文一：
虽不幸。
怎可言
不幸福。
向谁诉。

译文二：
确实是不幸的。
但怎么能说

那段时光是不幸福的呢。
又能向谁诉说呢。

いたみ

ほんとうの心は
たがひにみぬやうに
言はせぬやうに眼をとぢて
いたはられつゝきはきたが
なにか心が身にそはぬ。

きのふのまゝの娘なら
きのふのまゝですんだもの
なにか心が身にそはぬ。

悲伤

真正的心心相印
是相互间不看
不言只闭上双眼
任由情感不断地涌动

却不知为何身心相悖。

若依然是昨日那女孩
昨日便已了结了一切
却不知为何身心相悖。

ふたりをば

ふたりをば
ひとつにしたとおもうたは
つひかなしみのときばかり。

两个人

译文一：
两个人
终于结合了
却尽是悲伤。

译文二：
历经风雨的两人
终得相守
却沉浸在无尽的悲伤中。

孤独

いさかひをする時だけが
「私達」

孤独

译文一：

唯争吵
方显『我们』。

译文二：

只有在争吵的时候
才是所谓的『我们』

黒猫

真黒毛の猫が
真黒闇にいたら
眼ばかり
ぎいらぎら

黒猫

译文一：

一匹黑猫
如果身处漆黑之中
只能看见它的眼睛
在闪闪发光

译文二：

黑猫一匹
隐于漆黑

唯见双眸
熠熠闪光

暦

破れた壁に
めくり忘れたカレンダー
いつもいつも九月一日
うごかざる時計をまけよ。
悲しむものを起たしめよ。

日历

残垣断壁静静地悬挂着
忘记翻过的日历
永远定格在九月一日
时钟静默指针不再走动
唤醒沉睡于悲伤中的魂灵吧。

花がわたしに

花がわたしに言いました。
約束をまもらぬ人と
あそばぬやうに。

花がわたしに言いました。
たとえ花を持ってさえ
人を打ってはいけませぬ。

花对我说

译文一：
花对我说。
不要与不守约的
人玩耍。

花对我说。

即使手握鲜花
也不能伤人。

译文二：
花儿于我耳畔轻语。
勿与背信之人
共游欢。

花儿向我细声倾诉。
纵使手握芳华
亦不可伤人为乐途。

春の鐘

はるの
はるのみそらの
あけがたの
はるのかねなる
らん　らん　らん

はるの
はるのむくげの
とぶひるの
はるのかねなる
らん　らん　らん

はるの
はるのはなちる
ゆふぐれの
はるのかねなる

らん　らん　らん

春之钟声

译文一：

春天的
春天美丽天空
拂晓时分的
春天的朗朗钟声
啦……　啦……　啦……

春天的
春天的木兰花
纷纷飞舞
春天的钟声响彻四方。
啦……　啦……　啦……

春天的
春天的花儿凋零

黄昏时分的
春天的钟声悠扬回荡。
啦…… 啦…… 啦……

春天的钟声

译文二：
春日里
天空绚丽多姿
拂晓之际
悠扬的春晨钟声朗朗响起回响不绝
啦…… 啦…… 啦……

春日中
木兰花翩翩飞舞
钟声悠扬传遍四面八方
洋溢着春天的气息
啦…… 啦…… 啦……

转眼间
春日花朵渐凋零
黄昏时分
那温柔的春夜钟声悠悠回荡于空中
啦…… 啦…… 啦……

朝の日課

ちひさい花よ
そんなにうつむかないで
顔をおあげ
朝のごはんを
あげませう

早晨的日课

小花啊
请勿低头沮丧
抬起你的脸庞
让我为你奉上
早餐

ふらんすの色刷石版
短詩九篇

I

これもまた
忘れてしまふことだけど
さうおもふのは
なにか悲しい。

II

いつまでも
明日といふ日のこぬことを
思ひしらせた人が哀しい。

III

九時半でとまつたままで動かない
時計ばかりが知った
あのこと。

Ⅳ

手を出せば
だまつて手を出す人だった
あんな寂しいひとがあらうか。

Ⅴ

どれもこれも
みんな喪服をきてあるく
とばぬ烏はどこか寂しい。

Ⅵ

石けりのちょうくの線が
しろじろと
日ぐれの道にのこるあはれさ。

Ⅶ

いつのまに

小指にしみた絵具やら
うすべにいろのなにかうれしく。

Ⅷ

ふらんすの古い色刷石版の
皇后より
なおしとやかにゐまふ人かな。

Ⅸ

ほつかりと
電気のついたうれしさを
そのままそつと抱いてねませう。

法国彩色石印
短诗九篇

Ⅰ

虽然这也是

很快就会忘记的
即便这么一想
也有点悲伤。

II

无论何时
当意识到明天将永远也不会到来的
人是多么的悲哀啊。

III

唯有那永恒定格于九点半的时钟
才深藏着那份不为人知的
秘密。

IV

只要你轻轻地伸出手
他也会悄无声息地回应以相同的姿势
这世间竟有如此孤寂之人吗?

V

人人身着丧服，步履沉重
连那无法翱翔的乌鸦
也似乎流露出一抹孤寂之情。

VI

夕阳映照的路上
跳房子时留下的粉笔线条白白的
似乎在诉说着淡淡的哀伤。

VII

译文一：
不知什么时候
小指沾上了颜料
淡红色的某种喜悦。

译文二：
何时小指悄然沾染上了颜料

那是一抹淡红色的
洋溢着某种喜悦的色彩。

Ⅷ

译文一：
她比法国古代彩色石印的
皇后
微笑的更优雅。

译文二：
她的微笑
比起法国古代彩色石印上皇后的笑容
更添几分优雅韵味。

Ⅸ

译文一：
暖洋洋的
点亮电灯的喜悦

就这样轻轻抱着睡吧。

译文二：

点亮电灯的喜悦
如同温暖的阳光
轻轻拥抱着你安心入眠吧。

夢

春の夜の、夢の一つはかくなりき。
丹塗りの欄の長廊に
散りくる花を舞扇
うけて笑みたる「歌麿の
女」の青き眉を見き。

冬の夜の、夢の一つはかくなりき。
黒き頭巾を被りたる
人買の背に泣きじゃくり
山の岬をまわる時、
「廣重の海」ちらと見き。

梦

春夜的一个梦是这样的。
在红漆长廊

花朵飘落的舞扇
微笑的『歌麿之
女」的蓝眉毛。

冬夜的一个梦是这样的。
在戴着黑头巾的
人贩子的背上哭泣
绕过山岬的时候，
瞥了一眼『广重之海』。

忘れしこゝろ

いつのゆうべの枕辺に
おきわすれたる心ぞも
はふのわが身によりそひて
さみしがらする心ぞも。

被遗忘的心

译文一：

何时于昨夜枕畔
那颗被遗忘了的心
紧紧依偎着今日的我
两颗寂寞的心啊。

译文二：

昨夜何时
于枕畔遗忘的心

悄然依偎着今朝
孤独的我心。

もしや逢ふかと

もしやあふかと
河岸までてたが
みれば堤の草ばかり

あの夜のままのこの捨小舟
しらぬ昔がましぢやもの。

若能相见

译文一：

若得相逢时
吾已至水畔
举目远眺河堤，野草萋萋
犹似昔日之夜，孤舟独泊
往昔烟火之温，今朝已难觅踪迹。

译文二：

若有机会相见

我已漫步至河畔

放眼望去，只见河堤之上，野草丛生

与那晚情景相仿，一艘孤舟静静地被遗弃在那里

似乎连火焰的温暖都已远离，而往日，或许还不至于如此荒凉。

涙

もだもだと
むすぼれとけぬ悲哀が
とけてながれて涙となりて
眼よりほろほろまろびなば
かうわびしうはあるまいに。

眼泪

译文一：

缓缓地
那纠缠不解的哀愁
逐渐消融化作一串串泪珠
潸然滑落
在这世间，恐无更甚于此的寂寞了吧。

译文二：

哀愁渐融心难释

悲思难解泪盈盈

化作清流眼眶溢

纷纷滴落湿衣襟

世间寂寞无过此。

思出のひとつ

ありし日はいつも月夜——
濡髪にひかりなく
頸白く愁ひつつ
ゆきてかへらぬ。

回忆之一

译文一：
怀念过往总在月夜——
湿发贴着额角没有光泽
颈间那抹白色藏着无尽的忧伤。
曾经的纯真再也回不去了。

译文二：
缅怀往昔总是在月夜
浸润的头发失去了光泽

颈项间露出淡淡的忧愁
如今却再也回不去了。

译文三：
怀念往昔月夜长
湿发黯淡失光芒
颈间白皙映忧色
往事如烟梦难还。

浮世絵

春の光は曇母刷
春信の女の足は白い毒茸
桜の花片はなやましく汗をかき
お寺の鐘はたいくつに鳴れり。

浮世绘

译文一：

春天的阳光是云母绘
春信之女的脚丫是白色毒蕈
樱花的花瓣令人心烦地出汗
寺院的钟声无聊地响起。

译文二：

春日阳光似云母绘
春信女足白如毒蕈

樱花乱舞心烦汗溢
寺钟悠扬显世寂寥。

さて春信の女は

何をみるとしもなく
うつとりと細目にあゆむ。
むごたらしい唐繻子の帯は。

春信之女

译文一：

仿佛是沉浸在自己的世界里
出神般地眯缝着眼睛缓步前行
腰间系着一条简素的唐繻子腰带

译文二：

她似游离于尘世之外
眼帘微阖步履轻盈
腰间轻束一条简朴唐繻子腰带。

黒い蛇

華奢な柳腰がなよなよと
なびくともなびかぬとも
ただうつとりあゆむなり。
いつまでも娘のままで
ただうつとりとあゆむなり。

黒蛇

译文一：

纤细柳腰婀娜轻盈
摇摆与否皆能成画
目光遥远心事重重
愿汝永为女儿身
呆呆前行心未痴。

译文二：

纤细柳腰轻摆舞
无论动静皆成景
步履缓缓向前移
永远是那娇女儿
呆呆前行情未变。

ひねもす

なぐさまぬ
心を朝にとりなほし
とりなほせどもなぐさまず
なぐさめかねて夜をむかふる。

终日

心未得慰藉
在朝霞中重然斗志
纵使再整旗鼓亦不得慰藉
我怀抱着希望毅然步入夜幕。

孤独

相倚れどなほ寂しさの
寂しさのきはまりて
現身は街をあゆめり。

孤独

译文一：

虽相依却更感孤寂
孤寂至极时
我孤身漫步于街巷之间。

译文二：

相依犹觉孤影长
寂寞深处心更凉

独行街巷寻慰藉
月影伴我步彷徨。

青帽子

ふらりふらりとでてくるは
ロマンチストの青帽子。
きみが左の手をとりて
夜は銀座をあゆむなり。

蓝帽子

译文一：

悠然自得地漫步而出
是那浪漫主义者的蓝帽身影。
你牵起我的左手
夜色中我们漫步银座街头。

译文二：

悠然地
蓝帽浪漫者

牵起我的左手
漫步于夜色的银座街头

山路

斑猫とふたり
またあの山を越えて帰りませう。
昨日のやうに。

山路

译文一：
与斑猫俩
再一同翻越那座大山回家吧。
如同昨日那样。

译文二：
和斑猫两人
再翻过那座大山回家去吧。
就像昨日般。

こほろぎ

「二人の夜に
こほろぎが啼いてゐましたと」
書けるおもひで……

蟋蟀

译文一：

「在那属于我们的夜晚
蟋蟀的鸣叫声」
可成为我们的回忆……

译文二：

「二人的夜晚
蟋蟀的鸣叫声响起」
令人难忘的回忆……

三日月

山の端を
出る三ヶ月はぬばたまの
きみが髪をばすべりたる
今はさる夜のおもひで。

新月

山巅之上
初露的新月犹如射干玉般温润
恰似你的秀发
如今我只能回味昨夜的缠绵。

煙草のけむり

しづやかに
たちのぼる煙草のけむり
めづらしや
なごみたる心のそばに
寄添ふものは何ならむ。

街角にわかれたる恋人は
いや遠し。

烟之雾

静谧中
袅袅上升的烟之雾
多么稀奇啊
在那悠然自得的心畔
依偎之物究竟为何。

街角处与恋人分别的情景
已遥不可及。

御返事

御返事は
男の名前にて
といふ子の
憎らしや。

答复

用男人的名字
答复的
女孩
实在可恶。

涙のかはりに

忘れじの行末までと
つい約束してのけた。
……涙のかはりに。

泪眼婆娑

译文一：
直至来生都不会忘记对方
不经意间我们许下誓言。
…… 在泪眼婆娑之中。

译文二：
纵使轮回转世，亦难忘怀彼此，
不经意间，我们立下了永恒的誓言。

……在泪光盈盈、视线模糊的瞬息之间。

接吻

「過なりや」
「いないないまは
身も霊もきみがものなり」
涙のひまに
ひとのいふ。

接吻

『太过分了』
『没有，此刻
我身心皆属于你』
泪眼婆娑间
有人低语道。

真実

すぎし時もきたる日も
わすれたる昼の夢なれや。
ただ今宵
君とともにあるこそ
真実なり。

真实

译文一：
无论是往昔还是未来
忘却白日之梦。
唯独今夜
因你相伴
才最为真实。

译文二：

往昔岁月悠悠，未来日子迢迢

白日梦幻皆成过往云烟。

只有今夜

与你同在

方显真切与珍贵。

はつ夏

くすぐつたいそよ風
うはきにちらつくネルの裾を
朱羅宇でおさへたおもはせぶり。

青い眉のはつ夏。

初夏

微风轻拂
煞有介事地用朱红的竹烟袋杆轻轻压住
随风飘动的法兰绒外衣的下摆。

青黛色的眉宇间透露出一丝初夏的气息。

絵草紙店

春だといふのに雪がふる。
黒門町の絵草紙店の娘の
出来心な夢を
そつとのぞきこむ
浮気な春の雪。

ちらりほらり
歌麿の女のすじへ
春の淡雪

绘草纸店

春光明媚的白雪。
偷偷窥视着
黑门町绘草纸店女孩
天真无邪的梦境

不安分的春雪。

星星点点地
歌麿笔触中女儿的情景
春天的玉雪啊。

もの言はぬ娘

青磁の火鉢ゐすわりて
ふたりがなかをへだつなり
白き小指のいぢらしく
膝のうへにてうごくなり。

静默的少女

她静默地坐在青瓷火盆旁
我们之间仿佛被无形的隔阂所分开
她那纤细白皙的小指
在膝上轻轻地不经意地动弹着。

晩春初夏

なげた修羅宇にゆく春の
鐘がならうとなるまいと
身もそらどけた昼夜帯
いまさらとてもむすばれぬ
四の五のいはずときれませう。

晚春初夏

在即将逝去的春光里
仿佛不愿听闻那告别春天的钟声
我于昼夜交替间辗转反侧
如今再难紧紧束缚那四处飘散的思绪
让它们如缤纷落英般自由飘散吧。

夜ごろ

ほんとおもへばきのふけふ
つんではくづすわがこころ。
夜は夜とて三味線の
みもすてばちの三下り
いうてせんないことなれば
うたうてのけよとおもへども。

夜晚时分

译文一：

回想起昨天与今天
心中堆积的所有都崩塌沉没。
夜幕深垂手握三弦琴
愿燃烧着热情的三下行
能将难以言尽的心中情愫
寄托于歌声得以倾诉。

译文二：

回首往昔昨日今日
我心累积又复瓦解。
当夜幕低垂，三弦琴悠扬响起
我沉浸在飘逸不羁『三下行』的旋律之中
纵然千言万语难以言尽心中情愫
却想以歌抒怀，让思绪随风飘散。

译文三：

回望往昔，内心似乎濒临崩溃的边缘
承载着昨日与今日重叠的累积。
夜已深沉，沉浸于三弦琴悠扬的旋律之中
最终回荡的仍是那『三下行』的余音
我渴望将那些难以言表的情愫
寄托于歌声，让心灵得以慰藉。

译文四：

回望往昔心欲崩

昨日今朝累重重。
夜深沉浸三味的
余音袅袅『三下行』
难言情愫寄歌谣
悠远旋律慰心潮。

春日小景

さんらんと春のひかりの
そそぐ木の間に
わきもこはいつしんに
赤き糸とる
青き糸とる。

春日小景

译文一：

春光烂漫间
光影斑驳穿林梢
吾妹全神贯注地穿梭于
红线与
蓝线之间。

译文二：

于春光斑驳的
林隙间
吾妹虔诚地
轻捻红丝
蓝缕。

ネスト

緑色のカアテンをひきませう
ひとにネストをしられぬやうに。

そつとしづかにやすみませう
かあいい小鳥のめさめぬやうに。
あまりよろこびすぎぬやうにしませう。
いたづらな運命にねたまれぬために。

巢中静谧

轻掩绿色窗帘
以免世人窥见这隐秘之巢。

愿我能安然休憩
如幼鸟沉睡般恬静无声。
愿我的喜悦不至过分洋溢

免得遭无常命运的嫉妒。

朝のおとづれ

いとやはらかくほのかなる
風とおもひて眼ざめしか
やさしくもゆるまなざしを
朝のひかりとおもひしか
「あまりにわかきうまいねを
さましもかねつためらひぬ」
かくもいひつつさしよする
紅き花とも唇の
もえて炎とならうもの。

晨光低语

晨曦轻柔
与微风一同悄然唤醒沉睡的心灵
我以温柔的、松弛的目光迎接晨光
仿佛它也带着同样的温情

『如此年轻而美妙的存在
竟让人不忍触碰，生怕惊扰。』
我如此低语
将这赞美献给那如烈焰般绽放的红唇与花朵
它们仿佛在晨光中熊熊燃烧。

博多帯

このきぬぎぬのせつなさを
黒いまむしの博多帯
むすべばきゆっと
泣くわいの。

博多帯

译文一：

这依依的悲伤啊
在勒紧黑蝮蛇博多带时
咻咻的绢鸣声响起
眼泪就不由自主地滑落。

译文二：

依依的悲伤如潮水般涌来
勒紧黑蝮蛇般的博多带

咻咻的绢鸣声如同悲伤的伴奏

眼泪如断线的珍珠滑落。

残れるもの

あの松原がわすられよか
紫色の帯しめて
松にもたれてまつてゐた
あの娘のことがわすられよか。

その松原はいまもある
そしてその娘もこの俺も
生きて日本にゐるものを。

松原之忆

译文一：

能忘记那个松原吗？
系着紫色的腰带
倚着松树等待的
女孩你能忘记她吗？

那个松原现在还在
还有那个女孩和我
皆生活在日本这片土地上。

译文二：

怎能忘记那个松原呢
那个系着紫色腰带
轻轻倚着松树期盼的
少女令人难以忘怀。

时光荏苒，松原依旧
而那个女孩和我
依然还在日本这片土地上生活。

たそがれ

楊家の窓のたそがれに
心もきゆる鐘の声
かかる哀しきたそがれの
かかる哀しき鐘の音を
昔の人もききにしか。

译文一：

黄昏

夕阳的余晖洒在杨家窗畔
心会消失的钟声
如此哀伤的黄昏
如此哀伤的钟声
古人也曾在黄昏时分聆听过吧。

译文二：

黄昏时分

杨家窗暮
悦耳的钟声
这悲伤的黄昏
这哀伤的钟声
昔人已逝。

译文三：
黄昏之韵
楊家窗前一抹斜阳洒落
那悠扬的钟声
在黄昏的空中回荡
带着一丝哀愁
仿佛诉说着往昔的故事

みちとせ

あのつめびきのみちとせに
ついつまされてひく障子
影絵のやうな星のそら
港のやうな春のまち。
足にまつはるだてまきの
もつれた帯ならとけもしよが
きれた縁ゆゑせんもなや。

三千年

在那弹指的三千年
不经意间拉开的障子门
如剪影般的星空
如港口般的春日街道。
令人裹足不前的伊达带
即使牵丝扳藤也能解开

如果缘分已尽就毫无意义了。

言葉

言ひいづる言葉を知らざれば
黙し居るなり
「我汝を愛す」かく言ふことはいとやすし
されど昔よりAもBもかく言ひき。
はしたなき遊び女さへもかく言ひき。
あはれこの言葉がわが心をけがすことを
恐れてわれはい言わざるなり。

话语

译文一：
不知道该说什么时
我会选择沉默
『我爱你』虽易出口
却似流水往昔谁都会言
粗俗的遊女亦轻吐此言

唉，此语渐染尘俗
我心惊惧，难再启口。

译文二：

如果不知道该说什么
就沉默不语
说『我爱你』很容易。
然而，从前A和B都是这样说的。
就连下流的遊女也这么说。
哎呀这句话玷污了我的心灵
我害怕，不敢说。

後便

うら寂しさが
書かせた手紙に候
お焼捨下され候が
却りてうれしく候かしこ。

后信

译文一：

寂寞感
写在信上
被烧掉后
反而觉得高兴。

译文二：

深深的寂寞
驱使我拿起笔写信

烧却丢弃
我反而愉快。

译文三：
寂寞感
被焚烧
心境却
释然

灯ともし頃

清くかなしく今日もありけり。

門づけのお詠歌に
わがひとりなる霊はふるへつつ
宮ちかき青葉の風の揺籃に
やさしく涙ぐめるこころは
幼児のごとく眠りにいるなれ。
清くかなしく今日もくれにけり。

灯火时分

译文一：
今天也是宁静与哀愁交织的一天。

在门付悠扬的咏叹中
我孤寂的灵魂轻轻震颤

宛如神宫边翠叶摇曳的风之摇篮
心里满载着柔情与泪滴
渴望着如婴儿般沉入梦乡。
在清悲萦绕中又迎来了灯火时分。

译文二：
今日，我清静又悲伤。

在门付的歌声中
孤独的灵魂在颤栗
心如风之摇篮
满载温柔泪水
渴望如婴儿般沉睡
清凄纯净间灯火时分又至。

春のあした

紫色の
春のあしたの靄のうちより
ほがらかに鳴りいづる鐘のあり
七色の虹のふもとの土の肌より
しづかに人の子の生るゝけはひあり。
母なる人よ
ひざまづきて生るゝものゝために禱りたまへ。

译文一：
明日之春
在紫霞
缭绕的春日清晨
钟声清脆地响起
从七色彩虹耸立的山麓的土壤中
静谧地飘荡着人子诞生的气息
母亲啊

请跪下来为这新生命祈祷。

译文二：

明春之晨

紫霞映照

春日之晨雾

钟声悠扬清晰地响起

七色彩虹之麓大地肌肤轻展

静谧中孕育着新生命的气息

母亲啊

请屈膝为这即将诞生的小生命祈福。

エプリルフウル

夜は喪服をひきてすぎ
白き光のしのびきて
かなしき床をさしのぞく
エプリルフウルのそのあした。

やさしきことのかずかずも
エプリフウルの宵なれば
嘘も誠も薄情も
けさはわすれてあるべけれ。

されどほのかにやはらかく
みだれてにほふ濡髪は
うそのなかなるまことにて
わすれであらむものゆゑに。

愚人节

译文一：

如丧的长夜逝去
不知不觉地黎明降临
窥视着这悲哀的戏台
愚人节的第二天。

种种细腻温情
都为着愚人节之夜
谎言、真诚、薄情
今晨都忘了吧。

然而，那隐约散发着
芬芳散乱轻柔的湿发
谎言中的真诚
令人无法忘记。

译文二：

漫长的暗夜如丧钟般缓缓消逝
不经意间，晨曦已悄然降临
凝视着满载着悲伤与愚弄的舞台
愚人节之后的第二天。

那些细腻入微的温情
似乎都沉沦于愚人节的夜色里
伴随着谎言、真诚与凉薄
本应在今晨被遗忘殆尽。

然而，那隐约间飘散开的
芬芳而略显散乱的湿润发丝
轻柔地诉说着谎言中的一抹真挚
这份情感，让人难以释怀。

路

さびしさは果てしなく
路ははるけし
「この道は曽て見しことあり
そなたとなりしや
また先きの世にてなりしや
知らず」
君のいふ
「小鳥の時ならじか」

路

译文一：
寂寞之无边无际
道路漫长且遥远
『这条路似曾相识
不知是与你在一起

还是在来世
皆无从知晓』
你轻声道出
『莫非是小鸟展翅之时？』

译文二：

寂寞如潮水般浩渺无垠
道路绵延不绝没有尽头
『这条道路如此熟悉却又模糊
不知是此生与你并肩同行之时
还是预留给了来世的重逢』
你轻声细语
『或许是小鸟初次展翅时已悄然铺展』

岸辺に立ちて

空一めんのうろこ曇
野は眼のかぎり緑なる。
なかをしらじらひとすぢの
かなしき川は流れたり。
昔の人もなげきけむ
今日はたおなじ若人の
ふせたる眉に愁あり。
鷗よかもめやよかもめ
なれも歌なき小鳥かな。

在岸边

天空一片鳞云
原野满眼都是绿色。
其间一条泛着悲伤白光的
小河潺潺流淌。

古人也曾对此景象叹息
而今，年轻的心灵亦复如是
眉宇间挂满了愁绪。
鸥，海鸥啊，海鸥
仿佛是无歌可吟的小鸟。

雪の扉

たたけどもたたけども
とざされし扉はまたひらかれず
とざされしままに
夜はふけわたりぬ。

いまははた何をもとめむ
さら〳〵と雪はふる
こころよく泣かしめたまへ。

译文一：

雪之门

敲了又敲
关上的门不会再打开
固执地守着
夜已深了。

此刻吾心所求为何
沙沙地下着雪
不妨就痛痛快快地哭一场吧。

译文二：
雪之扉

我一次次地敲打
那扇紧闭的门扉永不会再启
我执着地守在这里
夜色已深沉如墨。

此刻我所渴望的究竟为何？
雪花细碎而连绵地飘落
就让这泪水毫无顾忌地挥洒吧

銀の小鳥

ちらちらと雪ふりしきる
かたちなき心のうへに。
銀の小鳥は恋をさそへど――
とりとめもなく積りてはきゆ
ちらちらと雪ふりしきる。

银色小鸟

雪花悠然飘舞
轻触无形的心田。
银色小鸟唤醒沉睡的恋情――
爱意无尽地倾泻而出
雪花漫天飞舞绵绵不绝。

お菊

和蘭佗屋敷にチャウチンつけば
ロテのオキクサンはいそいそと
はにかみ草は窓のした
玉虫色の長椅子に
やるせない袖うちかけて
サミセンひけばロテもなく。

阿菊

译文一：

在兰陀的府邸点茶后
洛蒂的阿菊欢欣雀跃地
坐在窗下种满含羞草的
忽绿忽紫的长椅上
轻轻挥动衣袖弹奏三弦琴
洛蒂也会流下眼泪。

译文二：

只要在荷兰宅邸安上茶座
洛蒂的阿菊会兴冲冲地
在窗下那长满含羞草
彩虹色的长椅上
披着外衣郁闷地
弹奏着三味线洛蒂也会哭泣。

ふみ

行燈のかげにふみかけば
身につまされて燈心の
泪ぐみたる灯がゆらぐ
こころがらにはあらねども
わすれてたもついかいて
われとなかるる春の宵。

信

译文一：

在座灯阴影下写信
感伤自己的身世
噙着泪灯光摇曳
心里虽空空如也
还是忍不住写下
曾一起哭泣的春宵。

译文二：

于座灯幽暗的阴影下我提笔写信
字句间感慨自己的身世
灯光含泪微微摇曳
心里看似空无一物
仍不由自主地流于笔尖
把默默哭泣的春宵化作行行文字。

うしなひしもの

夏の祭のゆふべより
うしなひしものとめるとて
紅提燈に灯をつけて
きみは泣く〱さまよひぬ。

失落的东西

在夏日祭典的夜晚
因遗失了心爱之物
你手提一盏红灯笼
啜泣徘徊不肯离去。

ひめごと

封のまゝにて五年を
文箱にひめし手紙より
言はずにおいたひとことを
どこの橋から流そやら。

秘事

译文一：
五年光阴封缄未启
匿于文箱深处的手笺之中
藏着未曾吐露的一言一语
不知从哪座桥下悄然漂流而至。

译文二：
五年尘封手笺
藏于文箱深处

千言万言未诉
悄然桥下漂来。

春の淡雪

しらぬわいなとうつ袂
波に千鳥の緋ぢりめん
ちら〳〵雪のふるけはひ。

春日薄雪

译文一：

不经意间你那绯色绉纱长袖在轻轻摇曳
犹如成千上万只鸟儿在波涛中翩翩起舞
漫天纷飞的雪花则悠然自得地飘落。

译文二：

你绯色长袖飘舞
如千鸟逐浪
雪花悠然飘落

かへらぬひと

花をたづねてゆきしまゝ
かへらぬひとのこひしさに
岡にのぼりて名をよべど
幾山河はほの〴〵と
ただ山彦のかへりきぬ。

一去不回的人

译文一：

寻花踪却一去不回
一去无返令人思念
攀上山巅轻声呼唤其名
山河幽微悠悠
唯山谷回响绵绵不绝。

译文二：

寻花不回

思念难断

巅上呼唤

山河悠悠

谷响绵绵。

綾とりをする少女

きみはカイロの手品師か
白く華奢なる指をもて
あかい毛糸をつまぐれば
あやとりかけとりみづぐるま
さてはペン〳〵ことかいな。
指にからまる綾糸の
あはれはかなきわがこゝろ。

织绫少女

你可是那开罗的魔术师
以洁白纤细的手指
轻捻起一抹红毛线
翻花绳般巧妙交织
时而又似在轻划琴弦
綾线缠绕于指尖之上的

哀愁犹如我们那易变的心。

宵待草

まてどくらせどこぬひとを
宵待草のやるせなさ
こよひはつきもでぬさうな。

宵待草

译文一：
左等右等良人不来
宵待草儿郁郁满怀
今晚月儿也躲云里。

译文二：
孤零零地等待，却始终不见人影
宵待草的忧郁弥漫开来

连今晚的月亮也躲进了云层。

译文三：

左等右等也等不来良人

宵待草郁郁不乐

今晚连月亮也不出来了。

夏のたそがれ

タンホオルの鐘が
さわやかになりいづれば
トラピストの尼は
こゝろしづかに夕の祈祷をさゝげ
すぎし春をとむらふ。
柳屋のムスメは
はでな浴衣をきて
いそ〳〵と鈴虫をかひにゆく
——夏のたそがれ。

夏日黄昏

当市政厅的钟声
嘹亮地响彻云霄之时
特拉普的尼姑们
正在静静地虔诚地晚祷

缅怀那已逝的春日芳华
与此同时，柳屋的女儿
身着色彩鲜艳的浴衣
正兴冲冲地去集市购买铃虫
——夏日黄昏的风景。

十字架

「神は彼を罰して
一人の女性の手に
わたし給へり」
ああ、
わが負へる
白き十字架。
わが負へる柔き十字架。
人も見よ。
わが負へる美しき十字架。

十字架
译文一：
『神将他
交予一
女子之手』
啊啊，

我背负的
是那洁白的十字架。
沉重而温柔，它压在我的肩头。
世人啊。
且看我这背负之美。

译文二：

『神罚他于我
一位女子
之手』
啊，我背负着
那洁白的十字架。
我背负着，
那纤弱的十字架。
众人啊，请看，
我背负着，那美丽的十字架。

心飢ゆ

ひもじいと言つては人間の恥でせうか。
垣根に添うた小徑をゆきかへる私は
決して悪漢のたぐひではありません
よその厨からもれる味噌汁の匂が戀しいのです。

渴望

译文一：

说饿难道是人类的耻辱吗。
走在篱笆旁的小路
我绝非与恶汉同类
喜欢厨房里飘来的味噌汤的香味。

译文二：

言饿非耻，乃人性之吟。
我漫步于篱边小径

灵魂不染尘埃，不与莽夫同伍

厨房深处味噌汤令我心驰神往。

故郷

いい年をしてホームシックでもありますまい。
だが、泥棒でさへどうかすると故郷を見にゆきます。
生れた故郷が戀しいからではありません
人生があまりに寂しいからです。

故乡

译文一：

都一把年纪了难道还会犯乡思病。
但即使是小偷，也会想着回故乡看看。
并不是因为怀念故乡
而是人生太寂寞了。

译文二：

都这把岁数了难道还会被乡思纠缠。
即便是窃影偷光的小贼也盼着能回故乡瞧上一眼。

这倒不是因为对故乡有多眷恋
只是这人生啊，太过孤单寂寥了。

つきくさ

おほかたのはなは
あさにひらけど
つきくさの
つゆをおくさへ
おもぶせに
よるひらくこそ
かなしけれ。
ひるはひるゆゑ
あでやかに
みちゆきびとも
ゑまひながめど
つきくさの
ほのかげに
あひよるものは
なくひとなるぞ
さびしけれ。

月草

译文一：

其他的花
都在早上盛开
把露水洒在
月草上
羞得低着头
在夜晚盛开
才感觉悲伤。
白天就是白天
因此特别娇艳
路上行人
微笑着眺望
月草
隐约地
对靠近的人
哭泣

因为寂寞。

译文二：

月草
不与众花
争晨晖
露水
洒落
似羞怯低眉
因在夜里盛开。
藏着淡淡哀愁
白日里
它自有风采
路上人
微笑观赏
赞叹不已
月草
似在

轻泣
寂寞难言。

ある思ひ出

思ひ出を哀しきものにせしは誰ぞ
君がつれなき故ならず
たけのびそめし黒髪を
手には捲きつ、言はざりし
戀の言葉のためならず
嫁ぎゆく日のかたみとて
忘れてゆきし春の夜の
このくすだまの簪を
哀しきものにしたばかり

回忆

是谁将回忆染上哀愁色彩
莫非因你无情转身离开
那如瀑黑发轻垂腰际
你用手卷着，却未吐一言

并非因爱恋之语未曾说尽
我将这发簪作为嫁日纪念
难忘与你共度的温柔春宵
这支花绣球簪子
却成了悲伤之源

夕餉時

夕方になつてひもじくなると
母親のことを思ひ出します。
母親はうまい夕餉を料つて
わたしを待つてくれました。

晩餐

译文一：

到了傍晚肚子饿了
想起了母亲。
母亲曾准备了丰盛的晚餐
在等我来享用。

译文二：

到了傍晚，饥肠辘辘的我
忽然忆起了母亲。

曾精心准备了一桌丰盛的晚餐
满怀期待地等候着我的归来。

うらみ

まあか丶さんとしたことが
あんまりぢやぞえあんまりな
畳のうへにちるなみだ
紅さし指にそとそめて
わしや死にたいとかいたれど。

怨恨

译文一：
母亲您的离去
实在是太过分了
散落在榻榻米上的泪珠
我轻轻用胭脂染红手指
写下『我想死』。

译文二：

母亲，您悄然离去
过分得让人心碎不已
榻榻米上泪珠散落
我轻拾起染红的手指
抖着写下『我想死』，

芝居事

雪のふる夜のつれ〴〵に
姉の小袖をそとかつぎ
……でんちうぢやはりひぢぢや
しまさんこんさんなかのりさん……
をどりくたびれ袖萩の
肩に小袖をうちかけて
なみだながらの芝居事
「さむからうとてきせまする」
このままあつもる雪わいの。

芝居事

雪花纷飞的寒夜里
姐姐拿着小袖和服
……伴随着三弦琴的节拍轻声唱着
岛桑绀桑中乘桑的曲子，翩翩起舞……

舞至疲惫时，姐姐将小袖和服
轻轻披在了舞累的袖荻的肩上
这是一出令人泪目的戏文
『好冷啊，我们靠近些吧』
此刻，漫天飞舞的雪花正轻轻飘落。

花束

ありのすさびに
花をつみてつがねたれど
おくらむひともなければ
こゝろいとしづかなり。
されどなほすてもかねつゝ
ゆふべの鐘をかぞへぬ。

花束

译文一：

随着时间的流逝
虽想摘花却难以摘到
也没有可送的人
心里倒是无比的宁静。
但还是有些不舍
昨夜我默数着钟声。

译文二：

随着时光的悄然流逝
曾经想要摘取的花朵已遥不可及
想要赠予的温情也难寻合适的归处。
却感到了一种前所未有的宁静平和
只是那份淡淡的不舍仍萦绕心头
昨夜我数着钟声让思绪飘散。

たそがれ

たそがれなりき。かなしさを
そでにおさへてたちよれば
カリンの花のほろ〳〵と
髪にこぼれてにほひけり。

たそがれなりき。路をきく
まだうら若き旅人の
眉の黒子のなつかしく
後姿の泣かれけり。

黄昏

黄昏时分，哀愁悄然袭来
我按捺衣袖，缓缓起身
海棠花细腻的微香
轻轻洒落在我的发梢。

黄昏时分，有人问路
是一位年轻的旅人
眉宇间那颗黑痣，令我怀念起过往
望着他的背影，仿佛听到了哭泣声。

常夜燈

森のおさよがとぼしたる
山の出鼻の常夜燈
わけてこよひはあか〳〵と
父の出船がちら〳〵と
泪のうちにちら〳〵と。

常夜灯

译文一：

森林里，暮色渐浓
山上突角的常夜灯
尤其是今晚
父亲的航船时隐时现
我泪眼朦胧。

译文二：

森林中的暮色渐渐深沉
山角的常夜灯闪烁着温暖的光芒
尤其是今晚，那光亮显得格外温馨
远远望去，父亲的航船在夜色中时隐时现
我的眼眶不禁湿润，潸然泪下。

よきもの

「よきものをあたへむ」ときみのいふゆゑ
「ゆびきりかまきりいつはりならじ」と
きみのいふゆゑ
門のそとにてきみまちぬ。
井戸のほとりの丁子の花よ。

稀罕物

译文一：

你说『给你一个好东西』
『拉钩上吊，一百年不许变』
就像你说的
我在门外等你。
井边的丁子花啊。

译文二：

你对我说：『给你个好东西』
就像我们曾经约定的
『拉钩上吊，一百年不许变』
我在门外满心欢喜地等着你。
井边的丁子花啊，在静静地开放。

母

夜はよもすがら母うへは
わたしのために靴下を
ちく〳〵編むでゐらつしやる。
朝におろした靴下も
晩には大きな穴があく
ゆふべとなれはあか〳〵と
ラムプのもとに母うへは
やぶれた穴をつぎながら
歌をうたつてゐらつしやる。
母のなさけにしみ〴〵と
やれた子供の心をも
かなしい子供の涙をも
ほどようふいてたもるもの。

母亲

每晚，母亲都在灯光下
一针一线，细心地
为我编织袜子。
然而，清晨刚穿上的新袜
到了晚上便出现了一个大洞
房间里总是亮堂堂的
母亲坐在煤油灯下
一边修补着那些破洞
一边柔声哼唱着歌谣。
深感母亲的慈爱
心中涌动着难言的感激
有时悲哀也会涌上心头
但温暖和关怀好似为我拭去了泪水。

浦の菜園

わたしの親は実の親
ついぞわたしを憎まねど
なぜかわたしは気がすまぬ。
浦の菜園にでゝみれば
今日も今日とてから〳〵と
さいかちの実のなりいづる
どくけしうり
毒芥売のすゑの娘が
赤い袋をやるといふ
それもおほかたうそであろ。
菜園のすみにころげたる
ふたまた大根のろくでなし。

湖岔的菜园

我的父母，确凿无疑是我的亲生父母

虽然他们并不对我怀有恨意
但不知为何，我心里总是感到一丝不适。
我漫步至湖岔的菜园，
那里却依旧呈现出一片干枯之景
皂荚的果实孤零零地挂着
有人在叫卖毒罂粟
那是毒贩的小女儿
声称要给我一个红色的口袋
那不过是场欺骗的游戏罢了。
我无奈地在菜园的一隅静静躺卧
如同废物般被丢弃的分叉萝卜。

落書

ひとのうはさもたそがれの
うすらあかりにおづ〳〵と
ふたりは壁のまへにたち
そのらくがきをよみました。

きみはなく〳〵袂にて
そのらくがきをけしました。

涂鸦

流言在黄昏时分悄然蔓延
借着那微微摇曳的灯光
我们两人静静站在墙前
我凝视着墙上的涂鸦

而你在袖兜下默默哭泣

于是我轻轻将那个涂鸦擦去了。

異国の春

につぽんムスメのなつかしさ
牡丹芍薬八重桜
きんらんどんす
金襴緞子のオビしめて
ふりのたもとのキモノきて
丹塗のボクリねもかろく
からこんからことゆきやるゆゑ
どこへゆきやるときいたらば
娘ざかりぢや花ぢやもの
後生よいよに寺まゐり。
寺まゐり。

异国之春

日本女儿的乡愁
牡丹芍药八重樱

金线银丝织华裳
锦缎腰带紧束身
繁复裙摆随风扬
红漆木屐声轻响
嘎达嘎达步履忙
问君欲往何方去
姑娘如花似玉俏
愿你来生皆安好。
参拜寺庙求好签。

鳥差

黒い帽子の鳥差
黒い手の鳥差
藪の影を曲りていにぬ。
「死」の時まで
また逢ふまじ。

鸟差

译文一：

黑帽的鸟差
黑手的鸟差
在树丛的阴影里。
到『死』的时候
我们还会再见面吧。

译文二：

黑帽之鸟差
黑手之鸟差
潜行于草丛之影悄然无踪。
直至『死』之时刻
再逢无望。

故しらぬ悲み

何事のありしかしらず
母うへの泣きたまへば
われも泣きぬ。
何事のありしかしらず。

莫名的悲伤

译文一：

不清楚到底发生了什么事
母亲在哭泣
我也哭了。
不知道到底发生了什么事。

译文二：

不清楚究竟发生了什么
只见母亲在默默地哭泣

我的眼泪也不由自主地滑落。

不明了这突如其来的变故

筒井戸

菩提の寺の
筒井戸に
筒井戸に

わたしの涙が
輪をかいた
輪をかいた

菩提の寺の
筒井戸は
筒井戸は

筒井

菩提寺的
古井旁

古井旁

我的泪水滴落
泛起一圈
又一圈的涟漪

菩提寺的
那古井啊
那古井啊

歌時計

ゆめとうつゝのさかひめの
ほのかにしろき朝の床。
かたへにははのあらぬとて
歌時計のその唄が
なぜこのやうに悲しかろ。

歌时钟

梦醒时分，歌时计轻响
公主床边，晨曦微露。
哀愁淡淡，母亲不在
唯歌时钟相伴
那旋律为何如此悲伤。

紡車

しろくねむたき春の昼
しづかにめぐる紡車。
媼の指をでる糸は
しろくかなしきゆめのいと
媼のうたふその歌は
とほくいとしきこひのうた。
たゆまずめぐる紡車
もつれてめぐる夢と歌。

纺车

白色昏昏欲睡的春日午后
纺车静静地旋转着。
从老太手指间捻出的线
缠绕着白色而悲伤的梦
老太所唱的那首歌

是首遥远的爱情歌曲。
不停转动的纺车
纠结在一起的梦与歌。

六地蔵

背合の六地蔵
としつきともにすみながら
ついぞ顔みたこともない。
でもまあ苦にもならぬやら
いつきてみても年とらず
赤くはげたる涎掛。

六地藏

背靠着六地藏菩萨
虽然我与你岁岁相伴
却未真正见过你的面容。
但这也算不得什么苦楚吧
无论何时来看你，你都未曾老去
那红润的嘴角，似乎总挂着些许涎水。

越後獅子

角兵衛獅子のかなしさは
親が太鼓うちや子がをどる。
股のしたから峠をみれば
もしや越後の山かとおもひ
泣いてたもれなとも〴〵に。
角兵衛獅子の身のつらさ
輪廻はめぐる小車の
蜻蛉がへりの日もくれて
旅籠をとろにも銭はなし
相の土山あめがふる。

越后狮子

角兵卫狮子啊，你的悲伤如同亲子分离
父母敲鼓孩子跳舞，却难相见。
低头从两腿间望向那山岭

或许那便是越后的山峦吧
思念至深，不禁潸然泪下。
角兵卫狮子啊，你身世的坎坷
如同轮回不停的小车
蜻蜓盘旋的日子也已黯淡
即便想借宿旅笼，囊中却羞涩无钱
相模的土山上，雨淅淅沥沥地下着。

赤い木の実

雪のふる日に小兎は
あかい木の実がたべたさに
親のねたまに山をいで
城の門まできはきたが
あかい木の実はみえもせず
路はわからず日はくれる
ながい廊下の窓のした
なにやら赤いものがある
そつとしのむできてみれば
二の姫君のかんざしの
珊瑚の珠のはづかしく
たべてよいやらわるいやら
兎はかなしくなりました。

红色的果实

在那飘雪的日子里小兔
寻觅着红艳的果实，满心欢喜地品尝
却遭来亲人的嫉妒，被逐出家门
虽然流落到了城门之外
然而，那梦寐以求的红果并未找到
路途迷茫，天色渐暗
就在长长的走廊窗边
隐约可见一抹红色
小兔悄悄靠近，定睛一看
原来是二公主的发簪
珊瑚珠闪烁着诱人的光芒
是吃好呢，还是不吃好呢
小兔陷入了深深的忧愁之中。

黒門町にて

春だというのに
雪が降る。
黒門町の絵草紙屋の娘の
出来ごごろな夢を
そっと覗きこむ
浮気な春の雪。

ちらり、ほらり
歌麿の女の脛へ
消える淡雪。

在黑门町

虽说已是春天
却仍有雪花飘落。
我悄悄窥探着

黑门町绘草纸店主的
女儿那未竟之梦
这春雪儿竟也如此多情善变。
转瞬间，它轻轻飘落
在歌麿画中女子的腿上化作
一抹淡淡的雪影，悄然而逝。

薬

雪はしん〳〵ふりしきる。
炬燵にあてたよこはらが
またしく〳〵といたむとき。
雪はしん〳〵ふりしきる。
しろくつめたき粉薬
熱ある舌にしみるとき。
雪はしん〳〵ふりしきる。
黄な袋の石版の
異形な虫のわざはひか。

药

雪纷纷扬扬，飘落而下。
我斜倚在温暖的炬燵旁
侧腹又隐隐作痛。
雪依旧肆意地飘落。

洁白如雪，冰冷的药粉
给灼热的舌尖，带来一丝凉意。
而雪，依旧在无情地纷飞。
是那黄色纸袋上的石版画
异形虫带来的灾祸吗。

わたり鳥

日本の春のこひしさに
シイオホスクの海角より
はる〴〵ばる波をわたり鳥。
庄屋の軒に巣をかけて
雛を六羽うんだれど
三羽の雛は死ました。
のこる三羽は柿の葉の
毛虫がすきでたべました。

やんがて柿のうれるころ
日本の島をあとにして
まだみもしらぬ故郷へ
親子もろともいにました。

候鸟

为了想念日本的春天
从鄂霍次克的海角
远渡重洋而来的候鸟。
在村长的屋檐下筑巢
生了六只雏鸟
可惜死了三只。
剩下的三只喜欢吃
柿叶上的毛毛虫。

不久柿子成熟的时候
候鸟母子离开了
这个被称之为日本的小岛
踏上了陌生的故乡。

納戸の記憶

船は酒船父の船
三十五反の帆をまくや
玄海灘の夏の雲。

君は馬関の唄うたひ
髪にさしたる青玉
あだな南のニグレスが
こころづくしの貢物。

風のたよりをまちわびて
行燈のかげのものおもひ
鬢のほつれをかきあぐる
銀のかざしのかなしさか
母の腕のさみしさか。

储藏室的记忆

船是酒船、父亲的船
扬起三十五叶帆
在玄海滩的夏日云朵下悠然航行。

你唱着马关之歌
你插在发际的青玉闪耀
被称为南国的项链
就如倾尽心力的贡品一样娇艳。

焦急地等待着风的消息
在行灯的阴影下思来想去
抿着鬓角散发的那只手
深深感受到银发簪的孤单和
母亲手臂的寂寞。

おしのび

昔アゼンに王ありき。
野にさく花のめでたさに
ひとり田舎へゆきけるが
にはかに雨のふりいでて
王は臍までうまりける。
それより王はわすれても
二度と田舎へゆかざりき。

忍

从前，阿赞有一位国王。
被原野上盛开的花朵所吸引
一个人来到了乡下
突然下起雨来
国王的肚脐都被埋在了泥土里。
从那以后，国王即使忘记

也不再下乡了。

ドンタク

ドンタクがきたとてなんになろ
子供は芝居へゆくでなし
馬にのろにも馬はなし
しんからこの世がつまらない。

假日

就算假日来了，又能怎么样呢
孩子们不能去看戏
想骑马也没有马
这个世界真的很无聊。

ねがひ

おうちに屋根がなかつたら
いつも月夜でうれしかろ
あの門番が死んだなら
あの柿とつてたべよもの。
世界に時計がなかつたら
さみしい夜はこまいもの。

愿望

译文一：

如果家里没有了屋顶
就能经常观赏月夜会很愉快吧
如果那个守门人死了
就可以尽情地吃那里的柿子。
如果世界上没有了时钟
寂寞的夜晚会让人很难受吧。

译文二：

如果家里没有屋顶的话
总是月光皎洁，会很高兴吧。
如果那个守门人死了
我们就能摘柿子吃个够。
如果世界上没有了时钟
寂寞的夜晚会很不快吧。

紅茸

この紅茸のうつくしさ。
小供がたべて毒なもの
なぜ神様はつくつたろ。
毒なものならなんでまあ
こんなにきれいにつくつたろ。

红蘑菇

译文一：
红蘑菇的美啊。
为什么上帝创造了它
而孩子吃了就会变成毒药呢。
如果是有毒的
为何要造得这么美丽呢。

译文二：

这红茸之美，令人赞叹。
孩童若误食便会中毒
为何神灵要创造如此之物
若它有毒
为何又将其塑造得如此美丽动人

ま丶ごと

ま丶ごとするのもよいけれど
いつでもわたしは子供役。
子供が子供になつたとて
なんのおかしいことがあろ。

扮家家

尽管扮演大人角色亦无不可
但我始终如孩子般存在。
孩子就是孩子
这又有何不妥之处呢

日本の子供

どんなにおなかがひもじうても
日本の子供はなきませぬ
ないてゐるのは涙です。

日本的孩子

译文一：
不管肚子有多饿
日本的孩子不哭
哭的是眼泪。

译文二：
肚子再饿
日本的孩子也不哭
哭的只是眼泪。

雨へ

お墓のうへに雨がふる。
あめ〳〵ふるな雨ふらば
五重の塔に巣をかけた
かはい小鳥がぬれようもの。
松の梢を風がふく。
かぜ〳〵ふくな風ふくな
けふ巣だちした鳶の子が
路をわすれてなかうもの。

雨

译文一：

雨落在坟墓上。
雨啊雨啊如果下雨
把窝搭在五重塔上
因为可怜的小鸟会淋湿。

风吹过松树的树梢。
风啊风啊风不要再吹了
今天鹰之子飞出了小巢
可别忘记回家的路啊。

译文二：

雨落在坟墓上。
雨啊，别下。如果下雨
窝在五重塔上的
可怜的小鸟就会被淋湿。
风吹过松树梢。
风啊，不要吹。如果刮风
今天离巢的鹰之子
莫要忘记来时路啊。

めんない千鳥

めんない千鳥の日もくれて
おぼろな春のうすあかり
この由良鬼のいとほしさ
ほどいてたもとなきいでぬ。

蒙老瞎

蒙老瞎之日已黄昏
朦胧春光洒下淡淡余晖
由良鬼之哀愁
却无处寻觅那归途。

おはぐろ蜻蛉

越中富山の薬売り
おはぐろとんぼがついとでて
白い蝙蝠傘の柄にとまり
また日まわりの葉にとまり
ついとどんではまたもどる。

黑蜻蜓

译文一：

越中富山的卖药人
一只黑蜻蜓突然冒了出来
停在白色蝙蝠伞的伞柄上
又停留在向日葵的叶子上
飞了一会儿又飞回来。

译文二：

越中富山卖药的
黑蜻蜓终于出现
白色蝙蝠停在伞柄上
又停在背阴的叶子上
终于飞走又飞回来。

译文三：

越中富山卖药人的身影中
黑蜻蜓悄然现身
它轻盈地落在白色蝙蝠栖息的伞柄上
旋即又跃至背阴的叶片间
终是飞去又复归。

豆

お遍路さんお遍路さん
おやまのむかふは雨さうな
霰をおくれ豆おくれ
まめがなけねばこの路法度。

豆

译文一：

遍路桑遍路桑
大山那边好像要下雨了
送我米菓送我豆
无豆则此路不通。

译文二：

朝圣的人啊，朝圣的人
山那边似乎已下起雨来

带上米菓，带上豆子，
没有它们可走不了这条路哦。

わたしの村

股のしたから麓をみれば
さても絵のよなよい景色。
どこの町かときいたらば
それはわたしの村でした。

我的村子

从胯下往下看
风景如画。
你问我是哪个城市
那是我的村子。

機織唄

梭の手をやめ歌ふをきけば
——もつれた糸なら
ほどけもせうが
きれた糸ゆゑ
せんもなや。

译文一：

织布歌

若你停下织布之手
倾听那悠扬的歌声
便会明白——纠缠的丝线或许能解开
但断裂的丝线却再也无法相连
徒留无尽的遗憾与哀愁。

译文二：

织布谣

梭停声起歌悠扬
——缠结丝线或
可解
断线
亦惹心间伤。

人形遣

「めでたやなめでたやな
さりとはめでたやめでたや」と
紺の布簾のつまはづれ
人形遣がきたさうな。
母のかげよりそとみれば
人形遣のうら若く
「ま、どうしよぞいの」と泣きいれば
襟足しろくいぢらしく
人形の小春もむせびいる。
もの丶あはれかふるあめか
もらひなみだの母の袖。

木偶师

木偶师『真是可喜可贺啊
真是值得庆祝的好日子呀』

藏青色布帘下的声音
木偶师来了。
从母亲的影子里偷偷一看
木偶师是个年轻人
『哎呀，这可如何是好呢』泪水悄然滑落
后颈苍白得惹人疼惜
人偶小春也在抽泣。
这绵绵细雨，如同母亲含泪的衣袖
充满了无尽的哀愁与温情

さなき夢

夢のひとつは　かくなりき。
青き頭巾をかぶりたる
人買の背にないじやくり
山の岬をまはるとき
廣重の海ちらとみき。
旅の道者がせおひたる
天狗の面のおそろしさ
にげてもにげてもおふてきぬ。
伊勢の國までおちのびて
二見ヶ浦にかくれしが
こゝにもこはや切髪の
淡島様の千羽鶴
一羽がとべばまた一羽
岩のうへより鳥居より
空一面のうろこ雲。
顔もえあげずなきゐたり。

译文一：

梦境悠悠，一梦如此奇异。
青头巾下
人贩背影诡谲
山岬绵延
广重海景入眼。
旅人肩扛
天狗面具骇人
逃啊逃，却难逃恐惧笼罩。
直至伊势
二见浦畔躲藏
此处亦有
淡岛千羽鹤舞
一鹤飞起，又一鹤紧随
岩上鸟居
空阔鳞云漫卷。

抬不起头，唯有默默哭泣。

译文二：

一个梦境
戴着青色头巾的人贩
背着无依无的孩童，
走在蜿蜒的山岬
眼前是广重笔下的海景，辽阔无垠。
旅途中
行者背负着天狗面具
那模样令人恐惧
逃也逃不掉，甩也甩不脱。
一路逃到伊势国
躲藏在二见浦
却没想到，这里也有淡岛神社的千羽鹤
一只飞起，又一只跟上
从山巅到鸟居
漫天都是鱼鳞般的云朵

我抬不起头，只能默默哭泣。

十三夜

影や、どうろく神
十三夜の牡丹餅。

十三夜

译文一：

影子和道祖神
十三夜的牡丹饼。

译文二：

影与路神共舞
十三夜下牡丹饼香飘四溢。

歌時計

ちんからこん　ちんからこん
ちさい枕のかたわらで
歌時計のなりいづる。
ちんからこん　ちんからこん
きのうのようになりいづる。
きのうのようになったとて
そなたのママはいったもの
しんであの世にいったもの。
ちんからこん　ちんからこん。

歌时钟

嘀嗒嘀嗒
在小小枕边
歌时计轻响。
嘀嗒嘀嗒

那声音如昨日重现。
带我回到往昔时光
她的话只能在梦里回响
因为妈妈已离我而去。
嘀嗒嘀嗒。

江戸見物

「江戸をみせよう」源六は
耳をつまんでつりあげた。
いたさこらへて東をみれど
どれが江戸やら山ばかり。
「なんとみえたであらうがな」
「みえはみえたが淺草も
上野もやつぱり山だらけ」

江户游览

译文一：
源六道『让你们看看江户』
揪着我的耳朵。
来到这里往东看
哪里有什么江户，都是山。
『你是怎么看的啊』

『看是看到了，浅草
和上野，也都是山。』

译文二：

源六兴起，说要『带你看看江户』
他揪着我的耳朵，将我高高拎起。
我极目东望，却只见山峦连绵
哪里是江户，满眼皆是山景。
『你看到了什么』他急切地问。
『看到了，看到了，可浅草、上野
也尽是山林覆盖，难觅江户踪影。』

雪だるま

なんぼ呼んでも
返事がない。
耳がないか 口ないか
昨夜（ゆうべ）も
こんこん雪が降り
耳も口もなくなった。

雪人

译文一：
不管怎么叫
都没有回应。
没有耳朵还是没有嘴巴
昨天晚上
雪淅淅沥沥地下着
耳朵和嘴巴都化了。

译文二：

无论怎样呼唤
都无人应答
是少了耳朵还是缺了嘴巴
昨夜雪花纷飞
淅淅沥沥
那耳朵与嘴巴已在雪中悄然融化。

猿と蟹

わたしが猿で妹が
あはれな蟹でありました。
猿はひとりで柿の実を
木に腰かけてたべました。
「兄さんひとつ頂戴よ」
あはれな蟹がいひました。
「これでもやろ」と渋柿を
なげてはみたがかあいそで
好いのもたんとやりました。

译文一：

猴子和螃蟹

『我是猴子
妹妹是可怜的螃蟹。
猴子独自一人坐在树上
津津有味地吃着柿子。

『哥哥，给我一个吧。』
可怜的螃蟹难过地说。
『给你这个吧。』猴子说着扔了个涩柿子给她
可是那样的柿子也太可怜了
不是妹妹喜欢的东西，又给了些好的。

译文二：

智猿与巧蟹

我乃猿猴，而我的妹妹
则是那惹人怜爱的螃蟹。
我独自坐在树梢
悠闲地享用着柿子。
这时可怜的螃蟹妹妹开口了
『哥哥，能否给我一个呢』
猴子笑着回应，『好啊，给你』
随手抛去一个涩柿子
不是妹妹喜欢的，又给了些好的。

译文三：

猴子和螃蟹

我乃猿猴
妹妹则是那可怜的螃蟹
猿猴独坐树梢
品尝着柿子
『哥哥，给我一个吧。』
可怜的螃蟹哀求道
『给你这个吧。』
猿猴扔去一个涩柿
却心怀怜悯，又给了她许多好的。

加藤清正

紙の鎧の清正は
虎を退治の竹の槍。
屋根のうへにて眠りゐし
猫をめがけてつきければ
虎は屋根よりころげおち
縁のしたへとかくれけり。
さすがに猛き清正も
虎のゆくへの気にかゝり
夜な夜なこはき夢をみき。

加藤清正

译文一：

清正身披纸铠
以竹枪驱赶猛虎。
屋頂之上熟睡的

猫儿成了目标
他一击即中猛虎便从屋顶滚落
躲藏到了檐下
即便是勇猛如清正
也心心念念著那虎的去向
夜夜梦中与之缠斗。

译文二：

纸铠之勇士
以竹枪退虎威。
屋顶之上沉睡
猫儿惊扰其眠
虎跃然而下匿于檐下阴影处。
勇猛如清正
亦心系虎之去向
夜夜难眠，唯余梦回。

天満の市

ねんねころいいち天満の市は
大根そろえて船に積む。
船に積んだら何処往きゃる。
木津は難波の橋の下。
橋の下には鷗がいるよ。
鷗とりたや、網ほしや。
網はゆらゆら由良の助。

天満市

天満之市繁华间
萝卜整齐摆上船。
满载之后欲何往
木津之川难波桥。
海鸥翩翩舞空中
心欲捕之网难逢。

网儿摇晃由良助。

嫁入り

世間の親は
かうしたものと
人も言ふから
さうあきらめて
多くの娘が
するやうに
だまつて
お嫁にまゐりましよ。

出嫁

译文一：

世间的父母啊
常被人如此评说
我也只能无奈
接受这命运
如同众多

女儿般
沉默着
嫁为人妇。

译文二：

世间父母皆不舍
多言难弃亦无奈
女儿默默承此命
嫁与他人度余生
红尘世事难预料
姻缘天定难更改
静默顺从为妇道
此生愿安不求乖。

春を待つ

縫ふ手をやめて
おもふこと
五月の朝の森の径
袖にみだれた青い花
縫ふ手をやめて
おもふこと
ゆふくれかたの灯の影を
はぢらひがちにみたことの
書く手をやめて
おもふこと
心に傷をつけぬため
思ひすごしをせぬやうに
書く手をやめて
おもふこと
泣いてゐますと書いたなら
もしもあなたを泣かそかと。

待春

停下缝衣的手
思绪飘远
五月清晨，林间小径旁
蓝花轻缠衣袖间
停下缝衣的手
陷入沉思微侧身躯
灯影摇曳
曾瞥见那温柔模样
搁下笔墨
心绪难平
为免心中伤痕累累
不愿让思念肆意蔓延
搁下笔墨
静心思量
若书信中流露出泪光
恐你见字如面亦会感伤。

ものおもひ

風に吹かれりや
きえるかと
野に出て見たが
きえもせず
うつり香ほどの
ものおもひ。

译文一：

回忆

被风吹过
会消失吗
我到野外去探寻
也未曾消失
飘散的香气
令人沉思。

译文二：

思绪之物

随风飘散乎
或将消逝耶
我步入原野探寻其踪迹
然其未曾离去
反似香气缭绕
此乃思绪之物也。

忽忘草

袂の風を身にしめて
ゆふべ〳〵のものおもひ
野末はるかに見わたせば
別れてきぬる窓の灯の
なみだぐましき光りかな
袂をだいて木によれば
破れておつる文がらの
またつくろはむすべもがな
わすれな草よ
なれが名を
名づけし人も
泣きたまひしや。

勿忘草

译文一：

裹衣袖中的夜风
思绪飘向昨夜的深处
遥望那遥远的原野尽头
离别时窗前的灯火
闪烁着如泪珠般凄美的光芒
倚靠着树木，手抚衣袖
破碎的书信随风飘落
想要再次整理却已无能为力
忘忧草啊，忘忧草
你为何被如此命名
是否连命名你的人
也曾在泪水中徘徊。

译文二：

轻拂衣袖之风

裹挟着昨夜的思绪
遥望田野尽头
离别之窗的灯火
闪烁着泪光般的微光
手执衣袖，倚靠树旁
破碎的书信散落一地
再也无法拼凑完整
勿忘我啊
忽忘草
即便是那命名之人
也忍不住泪湿衣襟。

かげりゆく心

母にそむきし
その夜より
白壁による
ならはしの
露草の花
咲きにけり
心もとなき
夕月の
夢の小径に
きえゆけば
音もたえぐ〳〵に
虫なけり。

暗淡的心

译文一：

自与母亲离别的
那个夜晚开始
白墙根下
河畔边上
露草花儿
静静绽放
内心空落无依
在夕月照耀的
梦中小径上
一切逐渐消逝
连虫鸣也归于
沉寂。

译文二：

自母亲身旁离去

自那夜起
白墻之下
河畔的
露草花
悄然绽放
心无所依之时
若消逝于
夕月照耀的
梦中小径
连虫鸣也将
随之消散。

たもと

そつといだけば
しんなりと
あまへるやうに
しなだれかゝる
――わたしのたもと
はづかしさの
かほをおほへど
つゝむにあまるうれしさが
こぼれでる
――わたしのたもと
わたしのかなしみも
わたしのよろこびも
みんなおまへはしつてゐる
――わたしのたもとよ。

译文一：

袖兜

悄然间望去
她轻柔地
仿佛要融化一般
偎依在我身旁
——我的袖兜
羞涩的
脸庞掩藏着
却难以抑制溢出的喜悦悄然流淌
——我的袖兜
我的悲伤
我的欢喜
全都汇聚向你
围绕在你周围
——我的袖兜

译文二：

衣袖

她静静地
屏住呼吸
缓缓地
垂下身子
——垂到我的衣袖上。
即使抚摸着
羞赧的脸颊
也会有甜蜜的
喜悦滴落
——落在我的衣袖上。
我的悲伤和
我的欢乐
都在你身边
——我的衣袖啊。

初恋

葉がくれに
ものは言へども
さにづらふ
紅頬のきみは
母のまてりと
袖ふりて
あえかにいにぬ
えもいはず
とめもかねつゝ。

初恋

叶落黄昏
万物静默
唯你我情深意切
你红晕满布的脸颊

轻语母亲在等
在你挥袖之间
悄然隐入夜色
我无法言语
也无法挽留。

綾糸手毬

きみのめでにし
あやいとてまり
草原になくしつる。
泣く君をすかしつゝ
草原をゆきもどり
いかにせし見失ひし
あやいとてまり。
いまはいくとせ
草の野辺に。

绫织小球

译文一：

映照在你眼中的
绫线彩球
在草原上消失了

天空怜悯着哭哭啼啼的你
在草原上来回奔跑
却怎么也找不到
绫线彩球。
如今已经过了几年
在野草丛生的原野上。

译文二：
你眼中的花球
消失在草原上。
丢下哭泣的你
在草原上
来来去去
怎么找都找不到。
如今已经过了
多少年
在草地上。

未知らぬ人

心のうちにくれがたの
鐘の音こそきこゆなり
帰妙頂礼うちすがり
わがゆく道をきくべきに
思はれ人はたそがれの
橋を渡りて帰りけり。

不相识的人

在心底深处回响的是那
隐约传来的悠远的钟声。
我虔诚地顶礼膜拜
祈求指引我前行的道路。
思念的人啊，已踏着黄昏的余晖
渡过桥梁，归家而去。

泉のほとり

若い娘が泉のはたで
あんまり暇をとらぬも
もしや泉でぬれよもの
若い男が灯のつく時に
橋の袂へた丶ぬもの
肩に柳が散らうもしれぬ。

泉边

译文一：

年轻的姑娘啊，在泉水之畔，
你怎会如此悠闲，不为琐事所扰？
莫非是泉水让你心醉神迷，忘却了时间？
当灯火初上之时，年轻的男子啊，
你为何匆匆走向桥头的那边？
或许是因为肩上飘落的柳絮，让你心生遐想，步履不停

译文二：

青春少女在泉边
未曾片刻得闲暇
或许泉水湿衣裳
青年男子掌灯时
伫立桥头柳絮飘
浑然不觉情已深。

川

はじめ二人を隔てたのは
ほんに小さい川だつた
それを二人は苦にもせず
両方の岸を歩いてゐた
いつの間にか川は大きくなつた
そしてたうたう越すことの出来な
大きな川を隔て
もはや二人のための舟も橋も今はない
どちらかゞ水へ飛込まねば
二人が逢ふ時は永久にない。

川

译文一：

最初将隔开两人的
真的是一条小河

两人对此不以为意
走在两边的岸边
不知不觉河川变宽了
成了两人无法跨越的大河
被一条大河隔开了
而且连船和桥也没有
一方如果不跃入水中
两人将永远无法相见。

译文二：

初时两人
仅隔细流
轻松漫步
两岸间
不觉间河流渐宽
川流不息终成天堑
舟桥难觅
重逢无望

除非一方勇跃入水
两人相会终成永诀。

丘の家

私の窓か
丘の家
一つの窓を
今夜も私は
ぢつと見て居る。
丘の家には
どんな人が住んでゐるのか
私は
知らな
昼はガランスローズの窓掛を閉ざし
夜は青い灯を見る
夜毎に私はあの窓を見る
それは約束しない約束のやうに—
昨夜はまだ宵の早い
一時間ばかり坐つて見てゐた
灯はつかない

いくら待つてもつかない
約束をしない約束を
破られた心はいたはるすべもなかつ
それから三日目の午后
丘の家から葬式が出た。

山丘之家

译文一：

从我家的窗户
山上的一幢房子的
一扇窗户
今晚我也
一直在看。
山上的房子里
住的是谁
我
不知道

白天玫瑰的窗罩拉起
晚上亮着蓝色的灯光
每晚我都看着那扇窗
就像没有约定的约定
昨夜天还早
我坐看了一个钟头
灯没有亮起
无论怎么等灯也没有亮
没有约定的约定
破碎的心无法得到慰籍
三天后的下午
山丘之家举行了葬礼。

译文二：
今晚我也
静静地凝视着
我的窗边
山丘上的房子

一扇窗户。

我
不知道
山丘上的房子里
住着什么样的人
白天关闭加仑玫瑰的窗饰
夜晚眺望蓝色灯光
每晚我都会看著那扇窗
就像是无言的约定
昨晚天还没亮
我坐着看了一个小时
灯却没有亮
怎么等也不亮
无言的约定被破坏的心
是无法治愈的
第三天下午
从山丘之家举行了葬礼。

さすらひ

「恋のなやみに
なにがよき
忘るゝぞよき」
西の国の詩人は
かく言ひき。
われも
かくおもひつゝ
緑の野を
きゆけば
青空の
はてしらず
さびしさかぎりなし。
山のはに
月さす宵は
身にそふ影の
おきわすれたる

心のごとく
はじらひがちに
したがへる。
忘るゝを
つとめのごとく
旅ゆくを
なりはひに
われはさまよへる
猶太人なり。

流离

『为情所困
何以解忧
唯有遗忘』
西国的诗人
曾如此吟唱。
我亦

曾如此吟唱。
我亦
深有同感
漫步于绿意盎然的田野
望向那无垠的蓝天
心中涌起的孤寂
无边无际。
山巅之上
月华如练
夜色中
我孤身伫立
身上的影子随风摇曳
仿佛内心一般
既疏离又彷徨
羞涩地跟随着我的步伐。
遗忘
似乎成了我的使命
我如同漂泊的旅人

将前行视为归宿
却在这无尽的旅途中迷失了方向
仿佛那流浪的犹太人。

踊子の顔

フットライトの悪戯者
意気な踊子の鼻さきを
そつと下からのぞいた
コシモの画いた死絵より
もつと悲しく見えたもの。

舞女的脸

译文一：

脚灯下的恶作剧者
生气勃勃的舞女的鼻尖下
从下面窥探了一下
科西莫的死亡之画
看起来更悲伤了。

译文二：

那脚灯的调皮鬼
悄悄地从下方窥视着
意气风发的舞女鼻尖
比起科西莫所描绘的死亡画卷
这一幕更显得悲哀动人。

若きクラアカへ

椿の花よりまだ紅
キスを投げつゝ踊り子
幕の彼方へかくれたり
さてクラアカはしよんぼりと
堅い椅子から起ちも得ず。
したがクラアカ忘れて
楽屋へ逢ひには行くまいぞ
楽屋で見ればたゞの娘ぢや。

致年轻观众

比椿花更娇艳
边掷香吻边翩翩起舞
隐入幕布之后
那位年轻观众愣在
坚硬座椅上无法起身。

他怎会忘却那舞者

他不会前往乐屋寻觅

因在乐屋中所见的不过是寻常少女罢了。

唄ひ女

ウキスラのノクチユルよりもなほ淡
青い果敢ないわがムスメ
「待てどくらせどこぬ人
待宵草のやるせな
今宵は月も出ぬさうな」
消えてかへらぬ小夜
青いはかないわがムスメ。

歌女

比威斯拉的轻吟还要淡然
我那青涩而果敢的女儿啊
「即便焦急等待，也无人前来，
待宵草摇曳着无尽的寂寞
今夜似乎连月儿也不肯露面」
消逝而无法归来的小夜

我那青涩而短暂青春的女儿啊。

ジヨウカア

白粉つけて紅つけ
だんだら幕のこかげか
ふらり〳〵とでゝくる
道化芝居の道化
赤いシヤツポを爪先
ひよいと蹴上げりやひよいとの
青い頭のうしろか
これも道化た月が出る。

小丑

译文一：
涂白粉涂口红
是布幕的树荫吗
摇摇晃晃地出现的是
滑稽戏中的小丑

用脚尖把红帽
一会儿踢得高高的
其后出现的
也是道化的月亮吧。

译文二：

白粉轻抹，红妆点缀
在层层幕布的阴影之下
我摇摇晃晃地走来
如同道化戏中的小丑一般
红帽的衣角，被我的脚尖
轻轻挑起又轻轻滑落
那青色头颅的后方也映照着这月下的道化之影。
月已升起，这一切，皆是道化的世界。

泣く虫

虫の音を値切る不粋も時世な
虫も泣かずば売られじ
困果と泣くよ轡虫。

哭泣的虫子

译文一：
虫鸣被讨价还价是不知趣，此乃时世之态
虫若不啼哭，便难被售卖
因果同尝，纺织娘亦悲泣。

译文二：
虫鸣被议价，真是不合时宜啊
虫儿若哀泣，便难逃被卖之运
因果轮回，与轡虫一同悲泣。

笑つて答へず

何時何処で如何して惚れたときく人
何時何処で如何して惚れよと考へ
惚れられますかと言ひたいの
黙つて笑つて居りました。

笑而不答

何时何地，因何缘由心生爱慕，有人问起
何时何地，怎样才能让人倾心，我暗自思量
能否告知，我已心有所属
欲言又止，只是微笑以对。

夢がほ

春の夜
屏風のかげの衣ずれ
うつゝにさゝて転寝の
夢をさませし憎き子
何とすべけんうつくしければ。

梦颜

译文一：

春夜悠长
屏风暗影里衣袂轻响，
悄然间惊扰了浅眠人的梦乡。
那可恶之人让我从梦中醒来
该拿你如何是好？你却如此美丽动人。

译文二：

春夜深沉

屏风阴影里衣袂轻拂，
悄然惊醒了浅眠中的梦。
那恼人的孩子，让我如何从梦中醒来，
但她竟如此美丽，教我如何是好？

春の雪

煉瓦地の朝の
オーバシウスの踏心地。
ふらり〳〵と出てくる
意気な背広の薄ら髯
「ちよいと山崎さん——あばよ」
柳がくれに
ちらりほらりの春の雪。

春之雪

译文一：

砖铺小径晨光里
奥瓦修斯步履轻
悠然身影忽显现
意气风发西装挺，浅须微映。
『山崎君，稍待——再会』

柳荫深处春意浓
雪花点点舞春风。

译文二：

煉瓦铺就的清晨街道
回响着奥瓦修斯的轻盈步伐。
他悠然自得地漫步而出
身着笔挺的西装，嘴角挂着淡淡的胡须，意气风发
『嘿，山崎兄，早上好啊——再见了』他轻声招呼，随即转身离去。
此时，柳枝轻摆
在朦胧的春色中，点点雪花悄然飘落。

カフエの卓

今日も今日とて川添ひ
カフエの卓に来はきたが
逢へるよすがあるぢやな
酒は呑めども水色
グラスのふちの冷たさ
おもひ知る身を何とせう。

咖啡馆桌前

今日复今日河畔之畔
我再次来到咖啡馆的桌前
期盼能与你重逢或许有一丝机缘在此
酒虽可饮却难掩心绪
透明玻璃杯边缘的凉意
让我深深感知此身该如何是好。

仲の町

嘘も誠もこぎまぜて
春のさかりの仲の町
びく袖にも露が散る
惚れたはれたは昔のことさ
今ぢやしんじつ身も投出して
解いた唐繻子参らせ候
帯が書いたを見やしやんせ。

仲之町

译文一：

谎言与真诚交织间
春意正浓时
轻挥衣袖露珠亦随之散落
迷恋与倾心皆已成往昔云烟
而今我决心坦诚相对不顾一切

解开唐繻子，任其随风飘动
请看这腰带上所写的字句吧。

译文二：

在那真假参半
春意盎然的繁华街巷
轻挥衣袖间露珠亦随之散落
昔日的痴情与迷恋，如今已成过往云烟
时至今日，我唯有全身心投入
解开那束缚的唐繻子呈献于您面前
请您细阅这腰带见证我内心的真情流露。

約束

雨の降る夜は
ござんせと
約束したに
晴れくさ
天道様の情知らず。

承诺

译文一：
我们曾誓言
雨夜
相聚
却不料天空晴朗无云
只能感叹上天无情捉弄。

译文二：

雨夜绵绵之时
我们曾相约于此
而今晴空万里
却似天道无情
不解人间约定之深意。

译文三：

在那雨丝绵绵的夜晚
我们曾深情相约
而今晴空如洗
天道却似无情
全然不顾那曾经的誓约

袂

ほんにおもへば昨日今
積んではくづす我心
浜の真砂のさら〳〵
言ひたいことは数なが
逢へば嬉しさ悲しさに
思ふ心の半分
積んではくづす袖たもと
ほんに袂がもの言はば
察してくれたがよいわいの。

衣袂

回望昨日此刻
我内心累积有崩溃的情感
犹如沙滩上细碎的沙粒
无数话语哽咽在喉

与你相遇时喜悦哀愁交织
那份沉甸甸的情感
如同即将崩溃的衣袂
倘若这衣袂能够言语
能懂我的苦乐该有多好。

逢状

桃色の懐紙をのべて
筆とれど
言ひたいこともとつおいつ
なんと書いたら逢へるやら。

逢状

译文一：
展开桃色怀纸
提笔给你写信
想说的话很多
写什么才能见面呢。

译文二：
轻展薛涛纸
执笔且踌躇

难言心事绵
只盼能重逢。

流れの岸の夕暮に

愁うる人は山をゆき
思はれの子は川竹の
流れのきしのゆふぐれに
ものおもはねば美しき

河边黄昏

译文一：
忧郁的行者漫步于山间
思念的孩童静立于河畔翠竹之下
黄昏时分，河岸边景致悠然
无思即是无上的美景。

译文二：
忧心之人行于山间
思慕之子伴川边竹影

流水潺潺，暮色渐浓
思绪纷飞，美不胜收

译文三：
满怀愁绪之人步履于山峦之间
心之所念之人伫立川畔竹影之下
流水悠悠，岸畔黄昏时分，
思绪纷飞而不觉，此情此景，何其美妙

春いくとせ

いつか忘れてゐた言葉
あなたが拾つてもつてゐた
いくねんまへの
春だつた

春几时

译文一：
不知何时遗忘的话语
被你重新拾起
那是几年前的
春天

译文二：
曾被遗忘的话语
你悄然拾起

那是数年前的
春天

译文三：
你轻轻拾起那
久违的话语
恍然间，已是数载
春光之前

译文四：
你于时光深处
拾起那被遗忘的言辞
恍如隔世
已是几度春回之时

櫛ひき

亀甲の櫛をつくると
ちんからかん
たをやめの櫛をつくると
ちんからかん
雨のふる日も
ちんからかん。

制梳

译文一：

制作亀甲梳时
叮当作响
制作手弱女梳时
亦叮当作响
即便是雨天

那声音也依旧清脆悦耳叮当不绝。

译文二：

制作龟甲梳时
叮叮咚咚
制作手弱女梳
亦是叮叮咚咚
即便是雨天
也是叮叮咚咚。

いましめ

君あらぬ
うらさびしさにことよせて
灯ともしごろをゆくときも
かならずともに身をばけがしそ。

戒

译文一：
你不在
寂寞慢慢地靠近
当开始点灯的时候
让我陪伴在你身边。

译文二：
当你不在时
正是寂寞悄然逼近之际

而当灯火初上，照亮周遭那一刻
便预示着我将陷入无尽的懊悔之中。

译文三：

你不在身旁，寂寞如影随形，
每当夜幕降临，点灯之时，
我必定让身影与你相伴，
虽只是虚幻之影，亦能慰藉我心。

「夢二の詩」あとがき

夢二の生誕一四〇年、没後九〇年に、『夢二の詩』を編訳することは、この傑出した芸術家に対する最も深い敬意を示すものです。念入りに選んだ夢二の著書、雑志発表の詩歌を編んだ『夢二の詩』は、画家としての彼の芸術的才能を示すばかりでなく、その詩を通じて、彼の生活や感情の繊細さ、悟性的な芸術的価値の高さを、読者に感じ取って頂けるのではないかと思います。夢二の芸術的生涯へのオマージュとしてばかりでなく、彼の詩の魅力を多くの人に知ってもらい、楽しんでもらう絶好の手段として、この編訳詩集が役立つことを願っています。

日本最初の社会主義画家、詩人としての夢二の作品は、東洋と西洋の美学を融合した日本ひいては世界の美術に深い影響を与えました。この『夢二の詩』では、夢二の詩が収録されていますが、翻訳を通じて、夢二が詩の中に込めた思いをより深く感じてもらえるものと願っています。夢二の詩歌に満ちた、女性、児童、旅芸人など、弱き者たちへの同情や社会の現実に対する深い省察を、われわれは知ることになります。そして、この翻訳書の出版が漢語世界の詩歌コレクションを充実させただけでなく、読者に夢二の芸術世界を理解する新しい窓を提供するものとして読まれることを期待しています。『夢二の詩』を通じて夢二詩人としての魅力を読者に感じて頂き、彼を再現して豊かでロマンチックな色彩の芸術を彩るさまざまな主題とそのイメージを感得して頂ければ、訳者無上の喜びとするところです。

二〇二五年四月　　徐　青

《梦二之詩》后记

在竹久梦二生誕一四〇周年、逝世九〇周年之际，编译《梦二之诗》是对这位杰出艺术家最深切的敬意。精心挑选并编纂的《梦二之诗》，不仅收录了梦二在书籍、杂志上发表的诗歌，更通过其诗篇，向读者展现了他作为诗人的艺术才华，以及他生活和情感中的细腻与深邃的艺术价值。这部编译诗集不仅是对梦二艺术生涯的致敬，更期望能成为让更多人了解并欣赏他诗歌魅力的绝佳途径。

作为日本最初的社会主义画家与诗人，梦二的作品融合了东西方美学，对日本乃至世界美术产生了深远影响。在《梦二之诗》中，不仅收录了梦二的诗歌，更通过翻译，让读者能够更深刻地感受到他诗中蕴含的情感与思考。这些诗歌充满了对女性、儿童、旅艺人等弱势群体的同情，以及对社会现实的深刻反思。

此外，这部翻译作品的出版，不仅丰富了汉语世界的诗歌收藏，更为读者打开了一扇理解梦二艺术世界的新窗口。期待通过《梦二之诗》，让读者能够感受到梦二作为诗人的魅力，领略他那充满浪漫色彩的艺术世界，以及其中蕴含的丰富主题与意象。若能让读者通过此书更深入地了解并喜爱梦二的艺术，那将是译者最大的喜悦与成就。

二〇二五年四月

徐　青

竹久夢二年表

一八八四（明治一七）年　〇歳　九月十六日、岡山県邑久郡本庄村大字本庄一一九番に父・菊蔵、母・也須能の次男に生まれる。本名・茂次郎。兄は夢二の生まれる前に死んだ。家業は造酒屋。

一八八六（明治一九）年　二歳　馬の絵などを描いたという。

一八九〇（明治二三）年　六歳　十月五日、妹栄誕生。
七月一日、第一回衆議院総選挙。一〇月三十日、教育勅語発布。

一八九一（明治二四）年　七歳　四月、明徳尋常小学校に入学（四年制）。

一八九五（明治二八）年　一一歳　三月、尋常小学校を卒業し、四月、隣村邑久村の高等小学校に入学。
三月三〇日、前年に始まった日清戦争終わる。

一八九九（明治三二）年　一五歳　三月、邑久高等小学校卒業、四月、姉松香の婚家栗山家を頼って神戸に出、神戸中学（後の一中）に入学、八ヵ月で退学。

一九〇〇（明治三三）年　一六歳　一月生家は郷里を捨て福岡県遠賀郡八幡村大字枝光（現在、北九州市八幡区）に移住。

四月、「明星」（與謝野鉄幹）創刊。五月、北清事変起こる。私鉄はがき認可。絵葉書が世に出る。

一九〇一（明治三四）年一七歳　夏、家出して上京。知人の大工近藤弥八方に寄宿し、自活のため苦しい生活が続けられる。

五月、社会民主党結成されすぐに解散を命じられる。

六月、星享暗殺される。

一九〇二（明治三五）年一八歳　この年、牛込区仲之町五十八の第一銀行監査役の土岐氏宅に書生として寄宿。九月、早稲田実業本科一年（中学三年程度）に補充入学し、小石川水道端で自炊。

九月、東京専門学校早稲田大学と改称、昇格。秋、早慶野球試合始まる。

一九〇三（明治三六）年　一九歳　六月、日比谷公園解説。

幸徳秋水、堺利彦ら平民社を創設、一一月十五日平民新聞創刊。

一九〇五（明治三八）年　二一歳　三月、早稲田実業本科卒業。四月、同校専攻科に進学するが、四ヶ月で中退。六月四日、竹久洦子の筆名で投稿した短文「可愛いお友達」が『読売新聞』日曜附録に掲載。六月十八日、『直言』第二巻第二十号に「洎」の署名でコマ絵掲載される（日露戦争に対する反戦思想が投影された画）。六月二十日、「夢二」の名が初めて使用されたコマ絵「筒井筒」が第一賞に入選し『中学世界』第八巻第八号に掲載。十月頃、牛込区神楽町3―6、上野方に居住。十一月、小石川区小石川大塚仲町に居住。十一月二十日、コマ絵「亥の子団子」が第一賞に入選し『中学世界』第八巻第十五号に掲載。その後博文館の西村渚山に本欄に寄稿するように勧められて、投書家時代を終える。七月退学。

二月、平民新聞系の週刊誌「直言」発刊。九月、島村抱月帰朝。十月、平民社解放。

一九〇六（明治三九）年　二二歳

一月、豊多摩郡西大久保二五五に居住。八月、下谷区谷中初音町四丁目一一〇に居住。十月頃、小石川区雑司ヶ谷町七五に居住。十一月十日発行『少年文庫』壱之巻に、最初の詩「子守唄」が掲載。

島村抱月の知遇を受ける。新聞、雑誌の絵ますます好評。十一月、早稲田鶴巻町に絵葉書屋を開いた岸たまき（他万喜）を知る。

一九〇七（明治四十）年　二三歳

一月、岸他万喜と結婚（入籍は九月十六日）。一月、牛込区宮比町四に居住。四月、読売新聞社入社。住所は目白坂下、牛込宮比町、谷中初音町と、転々とする。九月、大下藤次郎が開いた日本水彩画研究所に通い始める。

東京博覧会上野公園に開かれる。文部省第一回美術展覧会開催。五月「方寸」創刊され、創作版画運動起こる。艶歌大いに流行する。

一九〇八（明治四十一年）二四歳
二月頃、小石川区小日向武嶋町12に居住。

二月二十七日、長男・虹之助出生。しばらくして八幡の両親にこれをあずける。

七月頃、小石川区関口町１４０に居住。

十月頃、小石川区関口水道町六六に居住。

「つるや」から自筆の石版絵ハガキを発売。

二月、アメリカに排日問題起こる。

十月十三日、戦後国民の精神の弛緩をいましめる「戊申詔書」公布される。赤旗事件（山口義三出獄歓迎会）起こる。自然主義文学隆盛を極める。

一九〇九（明治四十二年）二五歳
一月、「少女の友」（実業之日本社）社友となる。
五月三日、他万喜と協議離婚。
七月十六日、富士登山。翌月は他万喜を伴い登頂。東京の堀内清を知る。
八月、たまきとふたたび富士に登る。
十一月、たまきと別居し、麹町区飯田町（飯田館）に居住。
十二月十五日、初の著作となる『夢二画集　春の巻』洛陽堂から刊行。

これが彼の最初の作品集である。予想以上の反響であった。

米国西部諸州の排日運動起こる。一月、反自然文学起こり、雑誌「スバル」「パンの会」生まれる。七月、福田英子「世界婦人」を創刊。十月二十六日、伊藤博文ハルビンで暗殺される。十一月、自由劇場第一回公演。

一九一〇（明治四十三年）二六歳
一月、麴町区四番町一，倉島方に居住。他万喜と再会、再び他万喜と同棲。恩地孝四郎、夢二をたずねる、神近市子、郷里から上京、彼の家に寄宿。

二月十七日の日記に「若菜集をよむ。ゆへしらぬ泪せぐり来る、人々なつかし」と記載。

春、麴町区麴町山元町二―一七に居住。

四月十九日、『夢二画集　夏の巻』刊行。

四―五月、京都、奈良、金沢に旅行。

五月二十日、『夢二画集　花の巻』刊行。

六月、絵葉書「月刊夢二カード」第一集が発売。

大逆事件の参考人として召喚される。

七月二十二日、『夢二画集　旅の巻』刊行。

八月、他万喜と千葉・銚子町海鹿島に過ごす。ここで「宵待草」のモデルとなった長谷川賢に出会い、恋心を抱く。

十月二十三日、『夢二画集　秋の巻』刊行。

十一月二十二日、『夢二画集　冬の巻』刊行、十一月二十八日、『さよなら』刊行。
十二月十日、『絵物語　小供の国』刊行。
以後毎年多くの作品集が出された。
六月、幸徳秋水らのいわゆる「大逆事件」発覚。
八月、日韓合併条約成立。
十二月、アムンゼン難局に達す。

一九一一（明治四十四年）二七歳
一月二十四日、牛込区牛込東五軒町に居住。
二月二十五日、『夢二画集　野に山に』刊行。
三月二十六日、『絵ものがたり　京人形』刊行。
五月一日、次男・不二彦出生。
六月二十六日、『都会スケッチ』刊行。
六月末頃、荏原郡大森山王台二五六二に居住。
夏の終り頃、下谷区上野桜木町（上野倶楽部）に居住。
九月、「月刊夢二エハガキ」第一集が発売。以後毎月刊行されて一〇二集まで続く。
十月一日、夢二主宰雑誌『桜さく国　白嵐の巻』刊行。
十一月二十一日、『夢二画集　都会の巻』刊行。

十一月、北原白秋詩集『思い出』（明治四十四年六月発行）を購入。※恩地孝四郎宛書簡より
十二月二十日、『コドモのスケッチ帖　活動写真にて』刊行。

一九一一（明治四十三年）二七歳
二月十四日、『コドモのスケッチ帖　動物園にて』刊行。

二月二十四日、『桜さく島　春のかはたれ』刊行。

三月二十一日、夢二主宰雑誌『桜さく国　紅桃の巻』刊行。

四月一日―八日、早稲田大学高等予科校舎で開催の「装飾美術展覧会」に出品。

四月二十四日、『桜さく島　見知らぬ世界』刊行。

六月一日発行『少女』第四巻第六号（女子文壇社発行）誌上に「さみせんぐさ」の筆名で「宵待草」の原詩を発表。

一九一二（大正元年）二八歳
夏、他万喜は大森から牛込喜久井町に移り、夢二も秋頃に他万喜の許に戻る。

十一月十九日―二十日、京都の展覧会に先駆けて東京・牛込喜久井町の自宅で「竹久夢二自宅展覧会」を開催。

十一月二十三日―十二月二日、京都府立図書館で「夢二作品展覧会」を開催。

十二月五日―八日、大丸呉服店（大阪・心斎橋）で「夢二作品展覧会」

洛陽堂から多くの単行本を出す。

十一月、京都岡崎図書館で最初の個展大成功。ここで有島生馬を知る。

下宿はさらに佃島海水館にかわったが九月、牛込喜久井町のたまきのところに帰る。

二月十二日、清朝亡び中華民国誕生。

七月三十日、明治天皇崩御、皇太子即位、大正と年号を改める。

九月十三日、乃木大将夫妻殉死。

一九一三（大正二年）二九歳
二月、豊多摩郡戸塚村源兵衛五九に居住。

二月二十日―三月二十日、上野竹の台陳列館で開催の「第二回光風会展」に装飾画四点を出品。

五月十三日―十七日、大丸呉服店（大阪・心斎橋）で「第三回夢二作品展覧会」を開催。

八月三日、大阪毎日新聞が実施した文化人アンケート「名家の嗜好」の回答が掲載、「最も好まる丶」「詩」について「北原白秋の詩の或物」と記入。

九月、「夢二画会」が企画される。夢二の海外旅行の費用を作る目的であったが、外遊は第一次世界大戦等の理由で見送られる。

十月頃、豊田摩郡戸塚戸山新道一八に居住。

十一月五日、『どんたく』刊行、装幀は恩地孝四郎。「宵待草」が本書において、現在の詩形で発表される。

十一月二十日、三越で開催の「工芸美術展覧会」に出品。

十二月一日、『昼夜帯』刊行。

四月、大阪大丸で個展開催。

欧米旅行の準備する。

秋、作家近松秋江（当時徳田姓）と東北旅行。

九月、島村抱月、松井須磨子と芸術座を組織する。

一九一四（大正三年）三〇歳
一月、他万喜と岡山に行き、画会のため京阪（大阪―京都―名古屋）旅行。

一月七日、『夢二絵手本』刊行。

一月十日―十一日、カフェーパリ（岡山市）で「夢二作品展覧会（竹久夢二外遊記念展覧会）」を開催。

二月、豊多摩郡戸塚村源兵衛五九に居住。

四月十日、『草画』刊行。美術劇場上演「埋もれた春」（秋田雨雀）の舞台装置をする。

六月一日、敬文堂より刊行の楽譜「カチューシャの唄」を装幀、同七年にセノオ新小唄のシリーズに加わる。

七月中旬、福島ホテル（福島市）で、「夢二画会」開催。

十月一日、日本橋区呉服町に「港屋絵草紙店」開店。

十月二十一日、『縮刷夢二画集』刊行。

十月二十六日―二十七日、港屋絵草紙店で「第一回港屋展覧会」を開催。

十月、呉服橋の近くで港屋絵草紙店を始める。

笠井彦乃と知る。

十一月、神田区千代田町二十八に転居、そのころ神楽坂の芸者きく子になじむ。

三月、松井須磨子の「復活」上演。「カチューシャの唄」全国にひろまる。

七月、第一次世界大戦起こる。

八月、対独宣戦、山東半島出兵。

浮世絵の復刻盛ん。復古趣味流行。

十二月、東京駅開設。

一九一五（大正四年）三一歳
一月、富山方面旅行。二十日、『草の実』刊行。

二月十日—十一日、小川温泉（富山・泊町）で「夢二画会作品展覧会」を開催。

三月七日、渦巻亭（富山市・桜木町）で「夢二画会展覧会」を開催。

四月一日、婦人之友社より『新少女』創刊、夢二は同誌の編集局絵画主任となる。

四月、豊玉郡落合村落合丸山三七〇に居住。

八月五日、『夢二の絵うた』刊行（ただし夢二が編集に関わっていない可能性が高い）。

九月十日、『三味線草』刊行。

十二月二十日、『小夜曲』刊行。

一月、対中国二十一ヵ条要求、五月妥結、これより中国の排日運動急激にさかんになる。

一九一六（大正五年）三二歳

二月下旬、三男・草一出生（戸籍では三月二十五日）。

三月五日、『ねむの木』刊行。

四月、エロシュンコ、秋田雨雀と水戸講演旅行。十八日、セノオ楽譜No.12「お江戸日本橋」の表紙絵を手がけ、以後二八〇に及ぶこのシリーズの装幀を行う。

八月十五日―十七日、池紋旅館（長野市）で「夢二作品展覧会」を開催。

八月十九日―二十一日、旧寿楼（長野・上田町横町）で「夢二陳列会」を開催。

八月二十二日、『夜の露台』刊行。

八月二十四日―二十五日、松本社交倶楽部（長野・松本市）で「夢二画会」を開催。

十月、港屋をたまきに与え、豊多摩郡渋谷町大字下渋谷字伊達跡一八三六に居住。

十一月、京都へ移る。

十二月十三日、『暮笛』刊行。

五月、インドの詩人タゴール来日。

十月十日、神近市子、大杉栄を刺す。

一九一七（大正六年）三三歳
二月三日―五日、四条倶楽部（京都市）で展覧会（名称不詳）を開催。
二月、兵庫・室津へ、次男・不二彦を連れて旅行。
四月、京都・高台寺南門鳥居脇に住もう。

五月二十二日の日記に「昨夜また眠られないので遅くまで、（佐藤）緑葉の訳したハイデンスタムの詩を読んでいた」と記載。

六月九日、作詞と表紙画を手掛けたセノオ楽譜No.44「蘭燈」（作曲／本居如月）、No.45「春の宵」（作曲／本居如月）刊行。

八月三十日、作詞と表紙画を手掛けたセノオ楽譜No.60「別れし宵」（作曲／本居如月）刊行。

八―九月、彦乃と不二彦を連れ、粟津温泉・金沢市・湯涌温泉等に旅行。

八月二十五日、藤屋旅館（金沢市）で「夢二画会」を開催。

九月十五日―十六日、金谷館（金沢市）で「夢二抒情小品展覧会」を開催。

十二月二十二日―二十四日、小品堂（京都市）で「羽子板の会展覧会」を開催。

十一月、ロシア革命起こる。

一九一八（大正七年）三四歳
一月二十五日―二十六日、北部基督教会（岡山市）で「竹久夢二抒情画小品展覧会」を開催。
二月三日、後楽園鶴鳴館（岡山市）で「竹久夢二小品展覧会」を開催。
三月四日、彦乃の父親が京都・高台寺の家に来て、彦乃を東京に連れ戻す。
三月六日―十日、べにや（大阪・松屋町）で「夢二小品画展」を開催。
四月十一日―二十日、京都府立図書館で「竹久夢二抒情画展覧会」を開催。
五月十八日―二十日、基督教青年会館（神戸市）で「竹久夢二抒情画展覧会」を開催。

七月十日、『青い船』刊行。

八―九月、長崎旅行、永見徳太郎方に滞在。彦乃病気で、別府に入院。

八月二十八日、作詞と表紙画を手掛けたセノオ楽譜No.94「涙」（作曲／山田耕作）刊行。

九月二十日、作詞と表紙画を手掛けたセノオ楽譜No.106「宵待草」（初版のタイトルは「待宵草」、作曲／多忠亮）刊行。

十月、後に彦乃は父の手に奪い返される。

十一月、東京に戻り、豊多摩郡中野町桐ヶ谷一〇三〇の恩地孝四郎方に居住。その後神田区駿河台下（龍名館分店）にしばらく滞在し、本郷区本郷菊坂町（菊富士ホテル）に移る。

十二月二十日、作詞と表紙画を手掛けたセノオ楽譜No.113「もしや逢うかと」（作曲／澤田柳吉）刊行。

年末、彦乃が順天堂医院に入院。

八月、物価高騰、富山県に起こった米騒動全国にひろまる。シベリア出兵。

十一月、世界大戦終結。

十一月五日、島村抱月死す。

同じ月に日本創作版画協会設立される。

一九一九（大正八年）三五歳
一月二十九日、作詞と表紙画を手掛けたセノオ楽譜No.114「雪の扉」（作曲／澤田柳吉）、No.115「街燈」（作曲／澤田柳吉）、No.118「ふるさと」（作曲／澤田柳吉）、No.119「清怨」（作曲／成田為三）刊行。

二月十日、『山へよする』刊行（新潮社）。

三月十日、『露地の細道』刊行。

三月二十一日、『夜の露台』（改装版）刊行。

春頃、佐々木カ子ヨ（愛称、お葉）モデルとなる。

六月十五日—二十一日、三越で「女と子供によする展覧会」を開催。

七月十三日、『歌時計』刊行。

八月十日、『夢のふるさと』刊行。長崎再遊。

九月十二日—十四日、福島県会議事堂で「竹久夢二展覧会」を開催。お葉と菊富士ホテルで同棲。

十月十日、作詞と表紙画を手掛けたセノオ新小唄No.4「忘れし心」、No.5「かへらぬ人」、No.6「草の夢」、No.7「約束」、No.8「晩餐」、No.9「けふ」、No.10「やさしきもの」刊行、作曲はすべて妹尾幸陽。

十月三十一日、『たそやあんど』刊行。三男草一を新派俳優河合武雄の養子とする。

一月、松井須磨子自殺。

労働争議しきりに起こる。

山本鼎、長野県で農民芸術運動を始める。

九月、シベリア撤兵。

一九二〇（大正九年）三六歳

一月十六日、彦乃が順天堂医院にて病没。享年二十五歳（満二十三歳）。

一月二十五日、作詞と表紙画を手掛けたセノオ楽譜No.159「花をたづねて」（作曲／多忠亮）刊行。

五月三十日、作詞と表紙画を手掛けたセノオ楽譜No.178「紡車」（作曲／藤井清水）刊行。

七月十八日、作詞と表紙画を手掛けたセノオ楽譜No.188「わすれな草」（作曲／藤井清水）刊行。

八月十四日、作詞と表紙画を手掛けたセノオ新小唄No.26「岸辺に立ちて」、No.27「みちとせ」、No.28「バルコン」、No.29「越後獅子」、No.30「残れるもの」、No.31「カフェーの卓」、No.32「心やり」、No.38「雪の夜」、No.34「青柳」、No.35「きぬぎぬ」刊行、作曲は全て妹尾幸陽。

八月二十八日、作詞と表紙画を手掛けたセノオ楽譜No.213「ふるさとの海」（作曲／藤井清水）刊行。

十月二十四日―二十九日、十合呉服店（大阪・心斎橋）で「夢二作品展覧会」を開催。

十月二十五日、作詞と表紙画を手掛けたセノオ楽譜No.215「春のあした」（作曲／藤井清水）刊行。

十月三十日、『三味線草』（改装版）刊行。

五月一日、わが国最初のメーデー・デモ行われる。

一九二一（大正十年）三十七歳
二月三日―五日頃、宇八楼（山形・酒田）で「夢二画会」開催。酒田旅行。

六月、お葉、北豊島郡滝野川町田端一五六に家を持つ、菊富士ホテルを出た夢二もここに住む。

六―七月頃、豊多摩郡渋谷町大字中渋谷字宇田川八五七でお葉と世帯を持つ。

七月二十五日、『青い小径』刊行。

八―十一月、福島・会津等に長期旅行。正木不如丘を知る。お葉と渋谷宇田川町に一戸をかまえる。
十月三十日―十一月三日、福島美術倶楽部で「竹久夢二小品展覧会」を開催。
十一月四日、原敬首相東京駅で刺される。

一九二二（大正十一年）三八歳
三月、山形県酒田に滞在。

四月二十五日、作詞と表紙画を手掛けたセノオ楽譜 No.245「巷の雪」（作曲／土屋平三郎）、No.246「たそがれ」（作曲土屋平三郎）刊行。

七月、秋田、酒田旅行。

八月、不二彦を伴い、富士登山。

十二月三十日、『あやとりかけとり』刊行。

日本共産党成立。

一九二三（大正十二年）三十九歳
一月十五日、『夢二画手本』一・二・三・四刊行。
二月、秋田旅行
五月一日、恩地孝四郎らと「どんたく図案社」結成発足の宣言文を発表。
五月二十五日、作詞と表紙画を手掛けたセノオ楽譜 No.277「子守唄」（作曲／藤井清水）刊行。

八月二十日、『都新聞』に自身の挿絵を添えた小説「岬」を連載。(―十二月一日、ただし震災のため途中休刊及び休載が入る)

九月一日、関東大震災で、夢二は渋谷宇田川の家で震災に遭遇。被災した東京の街をスケッチして連日歩く。「どんたく図案社」の印刷を請け負っていた本所区緑町の金谷印刷所が壊滅し、実現をみなかった。

九月十四日、『都新聞』に「東京災難画信」を連載(―十月四日)。

十二月二十一日、『どんたく絵本　一』刊行。

十二月二十三日、『どんたく絵本　二』刊行。

八月、有島武郎、人妻と情死。

大杉栄夫妻、震災中憲兵に殺される。

十一月十日、「国民精神作興に関する詔書」出る。

十二月、虎ノ門で皇太子狙撃される。

一九二四(大正十三年)四十歳
二月二十日、『どんたく絵本　三』刊行。

六月二十五日、作詞と表紙画を手掛けたセノオ楽譜No.328「松原」(作曲/妹尾幸陽)刊行。

七月一日発行『小学少年』第六巻第七号に作詞と表紙画を手掛けた「檜の木のさんぱつ」(作曲/室崎琴月)掲載。

七月二十九日、作詞と表紙画を手掛けたセノオ楽譜No.338「草の夢」(作曲/榊原直)、No.342「夏の黄昏」(作曲/妹尾幸陽)刊行。

八月一日発行『令女界』第三巻第八号に作詞と表紙画を手掛けたセノオ「母」(作曲/小松耕輔)が付録としてつけられる。

八月五日、荏原郡松沢村松原790にアトリエ付住宅「少年山荘」建設、この日が上棟式。

八月二十五日、作詞と表紙画を手掛けたセノオ楽譜No.348「露台」(作曲/妹尾幸陽)刊行。

九月一日、有島生馬と関東大震災から一年が経過した東京の街を見物。お葉家出。

九月十日、『恋愛秘語』刊行。『都新聞』に絵画小説「秘薬紫雪」を連載(―十月二十八日)。

十月一日発行『令女界』第三巻第十号に作詞と表紙画を手掛けた「風」(作曲/草川信)が付録としてつけられる。

十月二十八日、作詞と表紙画を手掛けたセノオ楽譜No.376「おったー」(作曲/宮原禎次)刊行。

十月二十九日、『都新聞』に絵画小説「風のやうに」を連載(―十二月二十四日)。

十一月三十日、作詞と表紙画を手掛けたセノオ楽譜No.352「かなしみ」(作曲/妹尾幸陽)刊行。

十二月二十九日、自分で設計した松沢村の新居「少年山荘」に引っ越しをする。

虹之介、不二彦も同居。

一月、二重橋に朝鮮人、爆弾を投ずる。レーニン死す。

五月、米の排日移民法案成立。

六月、築地小劇場開場。

一九二五(大正十四年)四十一歳
四月十日、『青い小径』(改装版)刊行。

五月、『流る、ま、に』の装幀依頼を契機に、作家・山田順子と交渉を持つ。

六月、夢二の属していた短歌会春草会、夢二に反省を促す文書をつきつける。

七月、山田順子と、彼女の郷里・秋田本荘町を旅行後に別れる。

十一月一日発行『令女界』第四巻第十一号に作詞と表紙画を手掛けた「街の子」（作曲／草川信）が付録としてつけられる。

三月、普通選挙法成立。

四月、治安維持法成立、東京放送局開局。

一九二六（大正十五年）四十二歳
十月、松竹映画「お夏清十郎」の字幕意匠を担当、タイトル画を描く。
十一月二十四日、『露地の細道』（改装版）刊行。
十二月十五日、『童話集　春』・『童謡集　凧』刊行。
人気しだいにおとろえ、生活に苦しむ。
九月、日本共産党結成。
この年の争議件数一二六〇件と跳ね上がる。

一九二七（昭和二年）四十三歳
一月十五日、『夢二抒情画選集　上巻』刊行。

五月二日、『都新聞』に自伝絵画小説「出帆」を連載（―九月十二日）。

五月十五日、『夢二抒情画選集　下巻』刊行。

四月、金融恐慌起こる。

七月二十四日、芥川龍之介自殺。

十二月、東京地下鉄開通。

一九二八（昭和三年）四十四歳
一月一日発行『民謡詩人』第二巻第一号「現代詩人自選号」に、夢二の詩「晩餐」「紅酸漿」「山の宿」「川」「終」「手」計六編掲載。

六月下旬、黒部峡谷を旅行。

一月、「露台薄暮」「春のおくりもの」刊行（春陽堂）。これが自著刊の最後とされる。

母也須野死去。

三月十五日、共産党総検挙。

一九二九（昭和四年）四十五歳
二月、吉井勇らと山中温泉に旅行。
三月、伊香保温泉に旅行。
四月一日発行『若草』第四巻第十号掲載の文化人アンケート特集記事「愛誦詩集」について、フランシス・ジャムの

「二つの嘆き」（堀口大学・訳）とサトウ・ハチロー「銀笛」の二篇を回答。
五月、大泉黒石らと草津から戸倉温泉へ旅行。
六月、直木三十五らと赤城山へ。
山崎斌と浅間温泉へ。
三月、社会主義者山本宣治暗殺される。
四月十六日、共産党総検挙。

一九三〇（昭和五年）四十六歳
二月二十一日―二十三日、銀座資生堂で「雛によする展覧会」を開催。
五月、長野・松本へ行き、浅間温泉に滞在。
五月、「榛名山美術研究所建設につき」宣言文を発表。
六―八月、会津・東山温泉、山形県五色温泉等に赴く。
八月五日、福ビル（福島市）で「竹久夢二滞福作品展覧会」を開催。
九月一日、『抒情カット図案集』刊行。
トーキー映画輸入。

一九三一（昭和六年）四十七歳
二月、父菊蔵死去。

三月二十五日―二十九日、新宿三越で「竹久夢二作品展覧会」を開催。
四月十日―十二日、紀伊国屋書店（東京・新宿）で「竹久夢二氏送別産業美術的総量展覧会」を開催。
四月二十一日―二十六日、京城三越（韓国・京城）で「竹久夢二作品展覧会」を開催。
四月二十三日―二十九日、上野松坂屋で「竹久夢二告別展覧会」を開催。
四月二十五日、竹久夢二翁久允海外漫遊送別会がレインボーグリル（東京・日比谷）で行われる。
四月二十八日―三十日、榛名山産業美術学校建設・夢二画伯外遊送別「舞踊と音楽の会」が群馬県前橋市・富岡町、高崎市などで催される。
五月三日、「若草を愛する会」主催の送別会が新宿の白十字階上にて行われる。
五月七日、横浜港から秩父丸にて出帆。
五月十四日、ハワイ・ホノルル着。
五月二十九日、龍田丸でアメリカ本土へ向かう。
六月三日、サンフランシスコ着。
八月九日―十一月下旬、ポイント・ロボスの小谷家に病気療養のため滞在。
九月二十四日―三十日、カーメルのセブンアーツギャラリーでの展覧会は不振に終わる。
九月一日、満州事変起こる。

一九三二（昭和七年）四十八歳
二月十九日―三月十二日、カリフォルニア大学ロサンゼルス校教育学部ビルで個展を開催。

三月十八日―二十七日、オリンピックホテル（アメリカ・サンピードル）で個展を開催。

九月十日、サンピードル港より出港。

十月十日、ハンブルグ着。欧州各地を巡る。

一月、上海事変。

二月、井上準之助、三月、団琢磨暗殺される。どちらも財界人。

三月、満州国成立。

五月十五日、少壮海軍将校のクーデター、犬養首相暗殺される。

一九三三（昭和八年）四十九歳
一月初旬、ベルリンに移動。

二月末―六月二十六日、ベルリンのイッテン・シューレで日本画講習会を開催。

八月十五日、ミュンヘンを汽車で発ち、ローマへ向かう。

八月十九日、ナポリ港より出港し、帰国の途へ。

九月十八日、安国丸で神戸に入港。

十一月三日―五日、台湾の警察会館で、「竹久夢二画伯滞欧作品展覧会」を開催。帰国後病悪化して病臥。

一月、ヒトラー政権をにぎる。

三月、わが国、国際連盟脱退。

一九三四（昭和九年）四十九歳十一ヵ月
一月十九日、信州の富士見高原療養所の正木不如丘所長に迎えられ、特別病棟に入院。

三月十一日、最後の詩が日記にしたためられる。

五月一日発行『令女界』第十三巻第五号掲載エッセイ「仰げば青空・野は緑」にカール・ブッセ「山のあなた」（上田敏訳『海潮音』）を引用。

五月―七月、ヘルペスのため、右手の自由を失う。

九月一日、午前五時四十分死去。

九月五日、東京・麹町の心法寺で葬儀。戒名・竹久亭夢生楽園居士。

十月十九日、東京・雑司ヶ谷霊園で埋葬式が行われる。

十月、神武天皇東遷二六〇〇年記念式（宮崎市）。

十二月、ワシントン条約廃止をアメリカに通告。

＊本年表は年代順で以下の著作により作成しました。
夢二絵本（全四巻）、東京：ノーベル書房、一九七五年
夢二慕情（全十巻）、東京：ノーベル書房、一九七六年
竹久夢二・詩画集シリーズ、東京：ノーベル書房、一九七六年
ノーベル書房編集部編、惜しみなき青春――竹久夢二の愛と革命と漂泊の生涯、東京：ノーベル書房、一九七六年
岡崎誠著、竹久夢二正伝、東京：求龍堂、一九八四年。

夢二全集（五十八巻）、東京：ほるぷ出版（復刻版）、一九八五年。

夢二日記（四巻）、東京：筑摩書房、一九八七年。

青江舜二郎著、竹久夢二、東京：中央公論社、一九八九年。

夢二書簡（二巻）、東京：岩波ブックサービスセンター、一九九一年。

三田英彬著、評伝　竹久夢二——時代に逆らった詩人画家、東京：株式会社芸術新聞社、二〇〇〇年。

栗田勇著、竹久夢二写真館「女」、東京：新潮社、二〇〇三年。

野村桔梗著、竹久夢二のすべて、東京：駒草出版、二〇〇八年。

袖井林次郎著、夢二　異国への旅、京都：ミネルヴァ書房、二〇一二年。

竹久夢二美術館監修、竹久夢二——大正ロマンの画家、知られざる素顔、東京：河出書房新社、二〇一四年。

石川桂子編、竹久夢二詩画集、東京：岩波書店、二〇一六年。

直井望著、羅媛等訳、摩登夢二：設計二十世紀日本的日常生活、北京：社会科学文献主版社、二〇二三年。

［訳者略歴］
徐　青(Xuqing)
中国上海市に生まれる
2009年名古屋大学より Ph.D.取得
2009-2011年復旦大学歴史系ポストドクター
現在—浙江理工大学外国語学院準教授、大学院指導教員、学術委員会委員。
愛知大学国際問題研究所客員研究員、早稲田大学政治経済研究科訪問研究員、浙江省翻訳協会理事、竹久夢二学会准会員。
専攻: 国際文化関係学、日本言語文学。
著書:『近代日本人の上海認識』(上海人民出版社、2012年 9月)
『近代日本におけるシャンハイ・イメージ——1931-1945』(国際書院、2023年 10月)
『日本文化的另類視線』(東京書房、2024年 2月)
『日本女作家 宇野千代研究』(東京書房、2024年 6月)。
編著:『晨讀夜誦 毎日讀一點日本短篇名作 日本近現代文学短篇名作選集』(華東理工大学出版社、2021年 9月)
『讀名著學日語』(文彩堂、2024年 11月)
翻訳:「色と戒め」(日中関係学会編『日中関係の新しい地平』)、「中国人の宗教」「絵を語る」「瑠璃瓦」「更衣記」「鬱金香」「女性について語る」「鴻鸞禧」等(愛知大学国際文化交流学会編『文明 21』)。
主編／訳審:『宮本百合子作品選集』(東京書房出版、2024年 12月)。
在研プロジェクト:
国家社会科学基金外訳プロジェクト:「中国文化要義」。
浙江省教育庁一般プロジェクト:「森鴎外文学における美学構築研究」。
浙江省社会科学界連合会一般プロジェクト:「『白蛇伝』の近現代日本における伝播と再創造研究」。

夢二の詩

編訳　徐　青

2025 年 4 月 3 日初版第 1 刷発行

・発行者——石井　彰
モリモト印刷（株）

(定価＝本体価格 8,000 円＋税)
ISBN978-4-87791-335-9 C3036 Printed in Japan

・発行所

KOKUSAI SHOIN Co., Ltd.
3-32-6, HONGO, BUNKYO-KU, TOKYO, JAPAN.
株式会社 国際書院
〒113-0033 東京都文京区本郷 3-32-6-1001
TEL 03-5684-5803　FAX 03-5684-2610
Eメール：kokusai@aa.bcom. ne.jp
http://www.kokusai-shoin.co.jp

岩田拓夫

アフリカの民主化移行と市民社会論
—国民会議研究を通して

87791-137-5　C3031　A5判　327頁　5,600円

［21世紀国際政治学術叢書②］アフリカ政治における「市民社会」運動を基礎とした「国民会議」の活動を「グローバル市民社会論」などの角度からも検討し、民主化プロセスを問い直し、21世紀アフリカの曙光の兆しを探る。(2004.9)

池田慎太郎

日米同盟の政治史
—アリソン駐日大使と「1955年体制」

87791-138-3　C3031　A5判　287頁　5,600円

［21世紀国際政治学術叢書③］アメリカにとっては、55年体制の左右社会党の再統一は保守勢力を結集させる「最大の希望」であった。日米の資料を駆使し、対米依存から抜けきれない日本外交の起源を明らかにする。(2004.10)

堀　芳枝

内発的民主主義への一考察
—フィリピンの農地改革における政府、NGO、住民組織

87791-141-3　C3031　A5判　227頁　5,400円

［21世紀国際政治学術叢書④］ラグナ州マバト村の住民組織・NGOが連携を取り、地主の圧力に抗し政府に農地改革の実現を迫る過程を通し伝統の再創造・住民の意識変革など「内発的民主主義」の現実的発展の可能性を探る。(2005.4)

阪口　功

地球環境ガバナンスとレジーム発展のプロセス
—ワシントン条約とNGO・国家

87791-152-9　C3031　A5判　331頁　5,800円

［21世紀国際政治学術叢書⑤］ワシントン条約のアフリカ象の取引規制問題に分析の焦点を当て、レジーム発展における具体的な国際交渉プロセスの過程に「討議アプローチ」を適用した最初の試みの書。(2006.2)

野崎孝弘

越境する近代
—覇権、ヘゲモニー、国際関係論

87791-155-3　C3031　A5判　257頁　5,000円

［21世紀国際政治学術叢書⑥］覇権、ヘゲモニー概念の背後にある近代文化の政治現象に及ぼす効果を追跡し、「越境する近代」という視点から、国際関係におけるヘゲモニー概念への批判的検討をおこなう。(2006.4)

玉井雅隆

CSCE少数民族高等弁務官と平和創造

87791-258-1　C3031　A5判　327頁　5,600円

［21世紀国際政治学術叢書⑦］国際社会の平和をめざす欧州安全保障協力機構・少数民族高等弁務官（HCNM）の成立に至る議論の変化、すなわちナショナル・マイノリティに関する規範意識自体の変容をさまざまな論争を通して追究する。(2014.7)

武者小路公秀監修

ディアスポラを越えて
—アジア太平洋の平和と人権

87791-144-8　C1031　A5判　237頁　2,800円

［アジア太平洋研究センター叢書①］アジア太平洋地域の地域民族交流システムを歴史の流れの中で捉える「ディアスポラ」を中心テーマにし、単一民族という神話から開放された明日の日本の姿をも追究する。(2005.3)

武者小路公秀監修

アジア太平洋の和解と共存
—21世紀の世界秩序へ向けて

87791-178-2　C1031　A5判　265頁　3,200円

［アジア太平洋研究センター叢書②］第二次世界大戦の再評価をめぐって、60年前の失敗と教訓を探りだし、戦後の欧州の経験、アジアでの軌跡をたどりつつ21世紀の新世界秩序へ向けて白熱した議論が展開する。(2007.3)

武者小路公秀監修

ディアスポラと社会変容
—アジア系・アフリカ系移住者と多文化共生の課題

87791-168-3　C1031　A5判　295頁　3,200円

［アジア太平洋研究センター叢書③］人種主義の被害を受けながら、移住先の国々でさまざまな貢献をしている何世代にわたるアジア系、アフリカ系移住者たちの不安、願望といった人間としての諸相を明らかにしようとする暗中模索の書である。(2008.3)

山城秀市

アメリカの政策金融システム

87791-173-7 C3033 A5判 291頁 5,400円

アメリカの連邦信用計画・政策金融を政府機関および政府系金融機関の活動に焦点を当て、産業政策・経済動向といった歴史的推移の中で分析し、あらためてわが国における政策金融のありかたに示唆を与える。 (2007.9)

坂田幹男

開発経済論の検証

87791-216-1 C1033 A5判 217頁 2,800円

東アジアのリージョナリズムの展望は、市民社会および民主主義の成熟こそが保障する。戦前この地域に対して「権力的地域統合」を押しつけた経験のある日本はそのモデルを提供する義務がある。 (2011.4.)

大和田滝惠・岡村　堯編

地球温暖化ビジネスのフロンティア

87791-218-5 C1034 A5判 313頁 2,800円

企業の意欲が自らの成長と地球の維持を両立させられるような国際環境の醸成ビジョンを提示する作業を通して、地球温暖化科学、政策化プロセス、国際交渉の視点などの「企業戦略のためのフロンティア」を追究する。 (2011.3.)

高橋智彦

経済主体の日本金融論

教育の「革命史観」から「文明史観」への転換

87791-322-9 C2033 ¥3200E A5判 213頁 3,200円

「なるほど」。バブル崩壊からコロナ禍の金融への影響など抱負なデータで解説。経済主体と絡めて金融全般のことがわかり、リテラシー向上、資格取得にも役立つ書。様々な立場で金融に携わってきた著者の渾身の一冊。 (2023.6)

立石博高／中塚次郎共編

スペインにおける国家と地域(絶版)

―ナショナリズムの相克

87791-114-6 C3031 A5判 295頁 3,200円

本書は、地域・民族、地域主義・ナショナリズム、言語の歴史的形成過程を明らかにしながら、カタルーニャ、バスク、ガリシア、アンダルシアを取り上げ、歴史的現在のスペイン研究に一石を投じる。 (2002.6)

ジョン・C・マーハ／本名信行編著

新しい日本観・世界観に向かって

906319-41-6 C1036 A5判 275頁 3,107円

アイヌの言語とその人々、大阪の文化の復活、日本における朝鮮語、ニューカマーが直面する問題、日本とオーストラリアの民族の多様性などの検討を通して、国内での多様性の理解が世界レベルの多様性の理解に繋がることを主張する。 (1994.2)

林　武／古屋野正伍編

都市と技術

906319-62-9 C1036 A5判 241頁 2,718円

「日本の経験」を「都市と技術」との関わりで検討する。技術の基本的な視点を自然や社会との関わり、技術の担い手としての人間の問題として捉え、明治の国民形成期の都市づくり、職人層の活動に注目し、技術移転の課題を考える。 (1995.1)

奥村みさ

文化資本としてのエスニシティ

—シンガポールにおける文化的アイデンティティの模索

87791-198-0 C3036 A5判 347頁 5,400円

英語圏文化および民族の主体性としての文化資本を駆使し経済成長を遂げた多民族都市国家シンガポールは、世界史・アジア史の激変のなかで持続可能な成長を目指して文化的アイデンティティを模索し、苦闘している。 (2009.7)

渋谷 努編

民際力の可能性

87791-243-7 C1036 A5判 261頁 3,200円

国家とは異なるアクターとしての民際活動が持つ力、地域社会におけるNPO・NGO、自治体、大学、ソーシャルベンチャー、家族といったアクター間の協力関係を作り出すための問題点と可能性を追求する。 (2013.2)

駒井 洋

移民社会日本の構想

906319-45-9 C1036 A5判 217頁 3,107円

〔国際社会学叢書・アジア編①〕多エスニック社会化を日本より早期に経験した欧米諸社会における多文化主義が今日、批判にさらされ、国家の統合も動揺を始めた。本書は国民国家の妥当性を問い、新たな多文化主義の構築を考察する。 (1994.3)

マリア・ロザリオ・ピケロ・バレスカス 角谷多佳子訳

真の農地改革をめざして—フィリピン

906319-58-0 C1036 A5判 197頁 3,107円

〔国際社会学叢書・アジア編②〕世界資本主義の構造の下でのフィリピン社会の歴史的従属性と決別することを主張し、社会的正義を追求した計画を実践する政府の強い意志力と受益農民の再分配計画への積極的関与を提唱する。 (1995.5)

中村則弘

中国社会主義解体の人間的基礎

—人民公社の崩壊と営利階級の形成

906319-47-5 C1036 A5判 265頁 3,107円

〔国際社会学叢書・アジア編③〕他の国や地域への植民地支配や市場進出、略奪を行わない形で進められてきた自立共生社会中国の社会主義解体過程の歴史的背景を探る。人民公社の崩壊、基層幹部の変質などを調査に基づいて考察する。 (1994.6)

陳 立行

中国の都市空間と社会的ネットワーク

906319-50-5 C1036 A5判 197頁 3,107円

〔国際社会学叢書・アジア編④〕社会主義理念によって都市を再構築することが中国の基本方針であった。支配の手段としての都市空間と社会的ネットワークが、人々の社会関係を如何に変容させていったかを考察する。 (1994.8)

プラサート・ヤムクリンフング 松薗裕子／鈴木規之訳

発展の岐路に立つタイ

906319-54-8 C1036 A5判 231頁 3,107円

〔国際社会学叢書・アジア編⑤〕タイ社会学のパイオニアが、「開発と発展」の視点で変動するタイの方向性を理論分析する。工業化の効果、仏教の復活、政治の民主化などを論じ、価値意識や社会構造の変容を明らかにする。 (1995.4)

鈴木規之

第三世界におけるもうひとつの発展理論

—タイ農村の危機と再生の可能性

906319-40-8 C1036 A5判 223頁 3,107円

〔国際社会学叢書・アジア編⑥〕世界システムへの包摂による商品化が社会変動を生じさせ、消費主義の広がり、環境破壊などの中で、「参加と自助」による新しい途を歩み始めた人々の活動を分析し、新たな可能性を探る。 (1993.10)

田巻松雄

フィリピンの権威主義体制と民主化

906319-39-4 C1036 A5判 303頁 3,689円

〔国際社会学叢書・アジア編⑦〕第三世界における、80年代の民主化を促進した条件と意味を解明することは第三世界の政治・社会変動論にとって大きな課題である。本書ではフィリピンを事例として考察する。 (1993.10)